마침내, 네가 비밀이 되었다

이 시집을 언제나 최초였던 모성에 바친다

## 시인의 말

안타까움으로 세상을 읽는다.

사랑스럽지 않은 것이 없다.

2019년 9월 詩境齋에서

김윤배

차례

## 제1부 도문을 말하다

## 제2부 줄포의 새벽

## 제3부  파문 후의 꽃고비꽃

## 제4부  베르베르의 붉은 저녁

## 제5부  눈빛의 흔적이 몸을 이룬다

제1부

# 도문을 말하다

# 도문을 말하다

강물은 강물로 흘러 고원을 다 담으면 안 되는 거다

강물이 설렘이라면

아, 강물이 소멸이라면, 망각이라면

안 되는 거다 기다림이라면, 슬픔이라면 안 되는 거다

강물이 안타까움이라면 될까

안타까움으로 역류의 하루다

하루는 일 년이고 백 년이다

안타까움을 놓고 시간을 말하면 안 되는 거다

안타까움을 놓고 죽음을 말하면 안 되는 거다

도문, 저 급류를 놓고 피 흐르는 역사를 말하면 안 되는 거다 어둠이여!

빛이여!

# 반으로 하나인

눈썹창은 비밀한 세계다

여러 경계를 숨겨 안개다

눈썹창은 세상의 반을 숨기고도 의연이다

숨기고 있는 반에 뜨거운 숨결 있다

광장의 분노도, 색깔의 슬픔도 눈썹창이다

역사, 또한 눈썹창 아닐까

반으로 하나인 낡은 기록

반으로 하나인 오랜 기원

반으로 하나인 대지

반으로 하나인

사람, 사람들

## 징후

숲이 어둠입니다

어둠은 징후 아닙니다

이렇게 한 백 년쯤 살다 보면 투명한 혈맥이 될 수 있을지요

하루하루의 낙조가 징후입니다

낙조 뒤의 서녘 하늘이 궁극의 예찬입니다

북단의 새벽은 징후입니다

유성이 새벽을 길게 긋습니다

그 후 핏물 번집니다

몸이 몸을 버립니다

버린다고 버려질 몸 아니라서 끝내

두근거리는 징후입니다

# 슬픈 등뼈

가이드는 사파리를 안내하며 읊조리듯 말한다


아프리카 남부 오지로 들어가면 불륜을 저지른 남녀를 말에 매달아 달리게 하는 형벌이 있습니다 추장이 지휘하고 부족 모두가 이 극형 장면을 보게 됩니다 모든 정염이 잿빛으로 변한다는 걸 알았다하더라도 달빛을 꺾었을 남녀입니다 정오가 되면 남녀를 묶어 말에 매답니다 궁사는 말 엉덩이에 화살을 쏩니다 말이 놀라 뛰기 시작합니다

말은 밤이 되어서야 마을로 돌아옵니다

돌아온 말의 로프에는 남녀의 등뼈가 매달려 있습니다

밀림은 검게 빛나고 별들 광활한 어둠 속으로 숨습니다

달빛은 등뼈를 희미하게 비춥니다

등뼈에는 안타까운 비명, 푸르게 빛납니다

무거운 적막 흐릅니다


훼절되는 관절 어느 지점에서 서로의 눈빛을 잃고, 목소리를 잃었는지

# 감옥

짧았으나 긴 순간에 모든 것이 왔다

양귀비 붉은 꽃이 손끝에서 왔다
허리를 타고 오르던 한련화는 색깔을 삼키고 왔다

세상을 숨기고 있던 빛이 오고

바흐의 음반은 파르티타 샤콘느였다

현과 현 사이의 틈을 육신이 기억하고 있다
틈이 육신이었다
틈이 떨고 있었다
틈을 위해 활을 휘어야 할 것 같다
머리칼의 채색은 환희로웠다
두려움으로 활이 꺾이고 머리칼이 흩어졌다
허리의 창백한 손을 풀지 못했다

담장 가득 침묵을 그렸다

청대의 허리가 휘는 모습 볼 수 있었다

민들레가 다투어 피기 시작했다

찬란한 어둠으로 들며 사라진 가슴을 알았다

# 흰 어둠

가슴 쪼갠 상처는 아직 아물지 않아 보랏빛이었다

상흔은 깊어 숨을 크게 쉬기만 해도 봉합부분이 터질 것처럼 위태로웠다

언약은 양들의 가슴을 쪼개지 않았다

세상은 눈멀고, 세상은 깊어 헤어날 수 없었다

그 밤 누가 가슴을 쪼갰는지 알 수 없었다

언약을 위해 다시 가슴 쪼갤 일은 없겠다

밤을 쪼갠 것은 누구의 언약이었느냐고 묻지 않겠다

언약 이전의 언약은 회저였으니, 대숲에 내리는 흰 어둠이었으니

주저였거나 저주였으니

# 바그네리안

나는 빈 광장을 물끄러미 본다

'순례자의 합창'이 장중하게 울려퍼진다 바그너의 선율을 집단학살의 레퀴엠으로 흐르게 한 건 소장 루돌프 헤스였다 천정에 뚫려 있는 작은 구멍으로 치이클론-B가 뿜어져나온다 순례자들은 고향의 언덕과 야생화와 야외벤치와 오래된 성당의 시계탑을 떠올린다 치이클론-B가 순례자들 폐로 스며든다 바그너가 절정을 향해 달려간다 무거운 정적이 가스실을 채운다 치이클론-B가 멎고 가스실을 흐르는 것은 바그너의 선율이다

순례자들의 원혼, 까마귀 나는 하늘을 조용히 지킨다

나는 가스실을 나와 붉은 건물 벽에 이마를 박는다 수십 만 개의 안경테와 금발과 구두와 여행용 가방과 인육비누는 통곡하는 쉰들러리스트다

'트리스탄과 이졸데'의 비극 이후, 너는 바그네리안이었다

더는, 네 숨소리를 가까이서 듣지 못할 거 같다

# 폐족의 시간

마지막 한 방울의 피를 모래 속으로 흘려넣는다 사막여우의 발소리를 어렴풋이 들었다 의식은 아직 분명해 모래바람의 방향을 기억한다 편서풍이면 고비는 아직 오월이다 서로의 그림자를 밟으며 살아온 눈부신 날들이 무슨 의미가 있겠나 분노로 수 십 년을 살아가더라도 이 혼돈과 멸문을 고비의 덩굴가시나무에게조차 발설할 수 없다

꽃대 밀어올린 상사화 군락의 환시, 화사한 꽃의 시간을 펼친다 하더라도 두고두고 아픈 잎새들은 볼 수 없다 폐족의 어긋난 운명을 슬픔이라고 말해서는 안 된다

모래바람 속에서 몽골산 보드카 반 병, 발티카 세 캔으로 제의는 끝낼 일이다 빈 캔 속으로 풍문들이 쓸려 들어간다 초원을 달려오는 여인의 채찍소리가 들리기 시작한다 그녀의 빠른 몽골어를 어렴풋이 들으며 뼈마디는 가벼워질 거다

참혹한 선택, 그 이전의 시간으로 옮겨질

# 너는, 질문으로 가득 찬 계절이다

너는, 질문으로 가득 찬 계절이다

너는, 무엇으로 북쪽을 향해 마음 쏠려가는 겨울을 견딜 수 있느
냐고 묻는다
너는, 한밤중 바다가 기울며 쏟아지는 눈물은 아픈 봄 아니냐고
묻는다
너는, 불꽃이 시들고 난 뒤에 오는 어둠을 여름 달빛이 건널 수
있느냐고 묻는다
너는, 목숨을 걸었던 언약이 언제까지 가을로 기록되어야 하느
냐고 묻는다

세상은 모르고 너만 알고 있는 절망은 어느 계절이냐고
너는, 국경 흐려지는 지도를 보며 묻는다

세상은 알고 너만 모르는 희망은 어느 계절이냐고는 묻지 않는다

이미 알고 있는 것들로
난파의 계절이라 하더라도
죽어서 심장이 살아남는 별

너는, 그 신성을 영원히 이름 없는 별자리로 둘 수 있겠느냐고 묻
는다

# 남당, 아득한 맨발

산다는 것이 이처럼 황홀하게 아픈 일이다

강진 초당에서 빗소리를 들으며
맨발을 동암 산길, 빗속에 세운다
강진은 아득해서 탐진강 멈춘 듯 흐르고 흐르는 듯 멈춘다

남당에 숨어 살며 포구로 드는 길을 버린다 하더라도

남당 저녁노을 어찌 견딜 수 있을까
대숲 저미는 바람소리 돌이킬 수 없는 회한이어서
달빛 흩는 갯벌은 맨발의 차가운 물길이다

사무친다는 말을 쉬이 할 수 없다, 더 사무쳐
붓에는 핏물이 스며든다
두려워 붓을 세울 수 없었던 밤의 강물 소리는
북한강이었는지

남당사˙ 먹먹하여 먼 산 보고 또 본다

이 가슴 도려내면 가슴 속에 또렷하게 님의 모습 보이리라[**]

[*] 남당사 16수는 다산과 생이별한 다산 소실의 노래로 읽히는 시지만 정민은 다산의 작품으로 보고 있다. 남당은 강진만의 포구마을로 소실의 고향이다.

[**] 남당사 11수에서 빌어쓰다.

# 비의의 페르소나

낡은 이태리 필름이었다

여자는 혼신이었다 헌신이기도 했다 남자는 비의의 가면을 썼다
비굴이기도 하고 유기이기도 했다 애틋함이 없었다 입술은 붉어
욕망은 성스러웠다

저 장면을 연출하기 위해 메가폰이, 풀숏의 카메라 앵글이, 실루
엣을 위한 조명이 불타는 나신을 지켜보고 있었을 것이다 여자가
어둠을 향해 흰 손을 내민다 어둠은 여자에게 구원의 공간이다 남
자가 어둠을 향해 육체를 던진다 어둠은 남자에게 닿을 수 없는
모성이다 어둠이 목을 젖힌다 비명이 카메라 앵글을 벗어난다

비의의 페르소나와 연인을 위한 랩소디는 영원한 앵콜곡이다

생의 커튼콜은 계속 된다, 아직 긴장 풀지 마

# 바람은 내가 누구의 과거인지 안다

**오래 된 성당의 시계탑, 시침과 분침이 하나로 서는 순간의 전율**

너는 장미정원이 수줍다
너는 조용한 발소리로 장미 붉은 꽃잎에 얹힌다
너는 장미꽃잎 위에서 시계탑을 본다
너는 간절하고 위태로운 시간을 초조하게 기다린다
너는 시침과 분침이 겹치는 순간 파르르 떤다

너는 분침이 시침을 멀리 떠나간 뒤에도 장미정원을 떠나지 못
한다

**설렘에서 설렘으로, 눈빛에서 눈빛으로**

너는 설렘에서 설렘으로 건너가는 빛이다
너에게 떠나다라는 말과 돌아오다라는 말은 시간의 복원이다

종소리는 탄식이고 환희였던 것
종소리는 조용히 멈춘 강물이었던 것

멈춘 종소리는 속세며 경전이다

눈빛에서 눈빛으로 스며드는
마음은 붉어
발등 데이는 일,
너는 알고 있어
경전 읽지 못 한다 다만

듣는다 목소리는 젖어 있다

너는 웃지 않는다

**심장에서 심장으로 건너가면 촉촉하게 젖는 발원의 눈동자**

죽어 천년을 산다는 호양나무의 심장을 만질 수 있었다
심장은 단단한 목질에 싸여 뜨거웠다
군락의 호양나무 고사목들은 엄숙했다
죽은 호양나무 뜨거운 심장을 건너며
어떤 눈동자가 젖지 않을 수 있을까

죽어 천년을 뛰고 있는 심장이 맞게 된 발원의 눈동자는,
발원이어서 태초였고
발원이어서 신성이었고

발원이어서 되돌아갈 수 없는 빛의 성지였다

그 때

왜 절명을 생각했는지
죽은 호양나무 군락의 엄숙함으로는 설명되지 않는다

네 젖은 눈동자를
맑은 호수에 새기고 있는 구름이 있다

**촛불을 밝히면 허리를 들어올리는 몽유의 새벽**

촛불이 함성이 되기까지,
촛불이 역사가 되고 모반이 되기까지
촛불은 침묵이었고
촛불은 어둠이었고
촛불은 두려움이었다

촛불을 밝힌다

함성 아닌 촛불
역사 아닌 촛불
모반 아닌 촛불

두려움 아닌 촛불

설렘인 촛불을 밝힌다

네 피가 뜨거워진다

시간이 멈추어 서고
황홀한 물결이 인다

허리를 들어올리는 몽유의 새벽이 펼쳐진다

숨 멎는 경련으로 무너지는 몸의 사원이다

**건반 위에 두 손을 얹을 때 열리던 몸의 어둔 창들**

몸은 천둥인가 비천인가
몸은 불인가 몰락인가
몸은 사유인가 낙인인가

수많은 운지의 질문은 건반의 심연으로 향한다

몸이 어둠인 까닭이다
어둔 몸이어서 닫혀 있다

닫혀 검은 건반의 성채다

몸은 흰 손을 기억한다
그 기억이 어둔 창들을 연다
잠든 자의 건반은 반음을 지웠다
네 흰 손은 건반 위에서 절망한다

절망의 시간은
짧아서 깊고 뜨겁다
안식의 음표를 읽기 시작하면
탄식이 고요한 공간을 감싼다

몸의 어둔 창들이 열리는 순간이다

그렇게 건반 위의 죽음이 시작된다

**첨탑 너머로 사라지는 검은 새들**

첨탑의 거대한 그림자를 음각하는 가문비나무숲이다
숲에 들어 거문고 유현처럼 우는 날 문장은 이루어진다

문장은 홀로 환해지고 홀로 저문다

가문비나무숲에 검은 새들이 산다

검은 새들
숲을 떠나 첨탑 너머로 사라진다

검은 새들 떠난 숲은 어둠을 안고 잠든다

숲은 세상의 끝을 향해 경배한다

지독한 상실을 겪어낸다면
숲은 더 광활한 숲으로 태어날 것이다

네 마음이 첨탑이다

**조용한 발소리를 기다리는 서녘 강물**

네 조용한 발소리를 기다리는 서녘 강물이었다

발소리를 품고 갈 수 있다면
강물은 생을 끝내도 좋았다
그 때쯤
바다는 또 얼마나 깊숙히 밀고 들어와
강유역을 더럽힐지 모른다

서녘 강물이 흐름을 멈추고
물빛을 거둔다면
장엄한 적멸의 서막이다


서녘 강물은 강폭만큼 크게 품은 발소리를 숨겨
마침내 드넓은 적멸이다


적멸의 고통이 꿈틀, 강줄기를 경련케 한다

**보이지 않게 건너는 영혼**


영혼이 보이지 않게 은백양숲을 건너지 않는다면
나뭇잎들이 은방울처럼 흔들리지는 않을 것이다
나뭇잎마다 산 자들이
죽은 자들의 영혼을 건너느라 부산한 은백양숲이다


매혹의 선율을 은백양숲으로 흘려보내는 영혼이 있다


영혼이 영혼을 건너는 일은 일상이다
영혼이 영혼을 건너면 그 곳은
오래된 내일의 숲이거나 지나간 미래의 별밤이다


너는 보이지 않게 건너는 영혼을 가진 일 있다

## 닿을 수 없는 원죄

원죄에 닿을 수 있을까

닿을 수 없어 원죄다
죄는 계속 된다
죄의 끝이 죽음은 아니다
죄는 자신에 대한 배반이며 축복이다
원죄가 있어 노래가 있다

노래는 슬픔의 깊이에 닿는다

눈 한 번 감았다 뜨는 순간, 나머지 생이 완성되는 바람

바람은 내가 누구의 과거인지 안다

# 블루노트

미시시피강의 유장한 흐름을 본 후

기다림이 어디까지 흘러 새로운 하구를 만나게 될지를 짐작 못
했다 하구의 비옥한 땅을 만나 목화를 심고 햇솜으로 색깔 고운
피륙을 짜며 나머지 생을 완성할 수 있을 거라고

구름 같은 목화송이를 거두며 부르는 노래가 블루스라면 이역의
설움을 잊을 수 있겠다 싶어 미시시피강 오르는 대형 증기선을 넋
놓고 본다 흑인 노예면 어떻고 떠돌이 노동자면 어떨까 여름 밤
미시시피강의 장대한 흐름과 피안의 어둠으로 재빨리 숨어드는
별들과 하염없는 달빛을 두고 데킬라 한 잔이면, 한 쪽 어깨로 따
스하게 전해오는 다른 생의 무게를 감당할 수 있겠다

생의 반전 리듬을 블루노트로 고뇌하는 여자는 미시시피에서 모
든 게 최초였을 것이니
여자의 피륙 또한 그러 했으리

# 카사블랑카의 밀항

내 밀항 음모는 늘 조명 낮은 째즈카페였다

모든 인연은 카사블랑카에서 시작되었다
흑백 필름은 세상을 밝음과 어둠으로 나눈다
나는 어둠이었다
밀항을 모의하는 자들은 주문하는 술이 다르다
인연은 자막 없는 필름에서부터다
자막은 감옥이기도 하고 소통이기도 하다
그날 나는 감옥을 택했다
나를 가두고 내 안에 인연을 가둘 생각이었다
인연은 붉은 사막을 끌어안는 달빛이었다

붉은 사막은 강한 투지였다
달빛으로 투지가 꺾이곤 했다

달빛을 밀항선에 승선 시킬 수 있을지 두려웠다
배신은 일상이었다 암표는 나쁜 상징이어서
문장을 처음부터 다시 시작할 수도 있다

사막 도시가 밤으로 달려갈 때 밀항선에 오를 생각이다
시편마다 밀항이었으니 밀항은 익숙했다

세상 모든 사물로의 밀항은 목숨 걸 때 항로가 열린다

# 율려

\*

그 아이가 심장을 내밀었다
신선한 피 냄새가 났다
나는 심장을 받아들었다
심장 뛰는 소리가 크게 울렸다

아이의 심장으로 내 심장이 요동쳤다
그 때 내게도 심장이 있다는 걸 알았다

\*

아이의 심장으로
보이지 않던 것들이 보이기 시작했다

달빛 건너는 나지막한 신음소리 보이고 눈부시게 흰 복부 가로
지르는 구름의 탄식 소리 보이고 등뼈의 계곡에서 산정의 구름 흩
는 바람소리 보이고 비밀한 시간이 산음으로 드는 웃음소리 보이
고 끝내, 행간을 달려나가는 비명소리 보이고

심장은 돌아서고 싶은 세상의 안쪽이었다

심장은 솟구치는 생명 너머의 율려였다


작은 심장 하나가 눈 뜨게 한 율려, 나를 지배한다

# 소도시의 우울

기억은 하루여서 하루는 영원이다

하루 동안 살아 있는 기억 속의 온갖 것들,
진눈깨비 오던 날의 도강이나, 아련하고 조용한 숲길이나,
성지의 묵언 행렬이 순차적으로 열린다

지친 육신과 무거운 내일이 불확실한 기억으로 저장 되어 있는

소도시의 감고 있는 눈들이 두렵다
감고 있으나 보고 있는 눈은 몇 대의 차량을 건너
어둠을 핥는 뜨거운 혀와 떨고 있는 손가락의 실루엣을 기록 한다
흐릿한 달빛이 골목을 비출 때
인적 끊긴 소도시는 잠시 우울하고
술자리에서 멀쩡하던 정신이 헝클어진다
순간 별들이 마구 흩어지고 나는 허공을 껴안는다
소도시의 보이지 않는 눈들이 이 수치스런 장면을 기억한다

어떤 불빛이 생의 중심을 치고 나가며
일상의 퇴적을 흝게 될지 모르는 시간이다

# 밀령

시간이 느리게 흘러가는 넓은 유리창은 어둠 속 산맥을 담는다

새들도 깃들지 않는 밤이다

검은 고양이는 어깨를 넘어 넓은 유리창 앞에 앉는다

읽어주는 시편을 끝까지 듣는다

검은 고양이는 소리 없이 사라진다

세상은 서로 다른 방향에서 만나 고통스러워진다

밤의 숨소리는 넓은 유리창을 잠들지 못하게 한다

유리창은 낮은 속삭임과 작은 몸짓까지 담는다

저 어둠이 어떤 어둠을 껴안아 영원한 어둠으로 들게 될지

검은 고양이는 알고 있다

검은 고양이는 밀령이다

제2부

# 줄포의 새벽

# 줄포의 새벽


줄포의 새벽은 이슬로 시작된다


이슬의 일생은 절망의 한나절이 아니다
한나절은 죽음으로 이루어낸 황홀한 소멸과 슬픈 귀환 사이에
있다


건너다보면 아릿하지만 마주 서면 따스해서 서러운


- 바다와 사람 사이


사이에 얼마나 많은 초혼의 눈물이 누워 있는지 만월은 안다
사이를 노래하기 위해 바람은 파도 위의 흐린 섬들을 순례한다
사이에 어둔 사람을 놓고 붉은 하늘을 놓는다


저 안타까운 몸짓들, 생각들, 말들이 전생이라면


한 사람을 미친 듯 따라나선 줄포의 새벽이어도 좋았다

# 먼 하늘 본다

오월의 깊이로 찔레꽃이 왔다 꽃그림자를 가시덤불 속에 숨겨 열흘도 넘게 찔레향을 흩날린다 소쩍새가 몇 번을 다녀가도록 꽃그림자는 짙어진다 찔레덩굴 속에 서재가 있고 낮은 창이 있다 침묵이 있고 알 수 없는 슬픔이 있다 슬픔은 오월의 어스름을 눈 밑으로 부른다 낮은 창이 흐려진다

낮은 창을 통해서 그녀가 서재로 건너오는 모습을 본다 그녀는 무엇이나 처음이었다 찔레꽃과의 입맞춤도, 오월 부드러운 바람이 찔레덩굴에 찢기는 비명을 듣는 일도 처음이었다 처음이어서 풍경을 펼치는 일도 덮는 일도 떨림이었다 서재는 낯선 체취였다

서재에서 며칠째 그녀의 발소리를 듣지 못했다 그녀는 발소리 없이 경계를 걸었다   그녀의 눈빛이 흔들리는가 싶었는데 서재에 찔레향이 남았다

먼 하늘

본다

# 미선나무 흰 꽃의 시간


척박한 봄이었으니 꽃차례조차 무한총상이다


너는 그렇게 봄의 시간을 묶고 삶을 묶는다
속수무책, 부러지기 쉬운 줄기를 움켜쥐고
잎이 피기 전의 시간을 담아낸
너는 백의의 정령이거나 성녀겠다
너는 개화의 아픔을 기억해서는 안된다
만개 아니었다면 너를 부르지 않았을,
매혹은 쉬이 무너지는 육체여서 슬펐던 봄날이다
너를 이곳으로 이주 시킨 나쁜 남자를 생각한다
순백의 시간 건너며 몸빛이 변해가는 걸
몰랐다면 그건 죄다 싶은 봄날이다
이제는 개화의 통증을 피워내
햇빛 머물게 하는 너를 몰랐다 말하고 싶다
너를 몰랐으므로 봄날을 몰랐을
봄꽃, 그 난망의 생을 지켜볼 뿐


미선이어서 더 아릿하고 희디흰

## 오, 오

국경선이 어디를 향해 기우는지 알 수 있을까
나무십자가 위로 쓰러지는 태풍의 눈을 볼 수 있을까
가문비나무숲길의 그 많던 이름들을 담을 수 있을까
지하묘지의 대리석 명패를 제단에 올릴 수 있을까
새벽 서가의 오래된 선언문을 노래 부를 수 있을까
목소리로만 달려오는 죽은 자들의 거리를 어루만질 수 있을까
혼돈의 붉은 강물이 환희로 설 수 있을까

물속 깊이 잠든 꽃들을 아픔 없이 깨울 수 있을까

네가 없다면

오, 오

# 마침내, 네가 비밀이 되었다

밟지 않은 길이 어디에서 새벽을 만나게 되는지
묵비가 언제쯤 생의 깊이를 드러낼 수 있는지

예언 없이 메마른 삶을 건널 수 있는지도

너는 리뷰 할 수 있었다

지하궁전의 우아한 대리석 계단과 무겁고 두려운 석관의
자색 그림자를 언제 만나게 될런지는 리뷰 할 수 없었다

성의의 긴 자락에는 죽은 자의 살아 있는 눈빛 깊었다
경건한 제의는 빛을 어둠으로 바꿨다
내 어둠은 용서라는 밀약이었다

하늘에 닿지 않은 기원은 난임이었다
난임으로 내 노래가 태어나는 걸 너는 알고 있었지만
리뷰에서 숨겼다

너는 일상으로 가는 계단 앞에서 잠시 망설였다

계단의 비의를 읽어낸 너는 모든 리뷰를 파기했다

마침내, 네가 비밀이 되었다

# 보라색 꽃등

금강초롱은 보라색 꽃등 달았다
꽃등은 작은 그림자를 강물에 띄워 물길 보내겠다

금강초롱 꽃등과 한 생을 가고 싶다 했다
그 때, 저 강 건너는 일을 생각 못 했다

이제는 후생을 말해도 될지
건너야 할 저 강이 금강초롱 보라색 꽃등을 흘러 어디까지일지
강이 어둠이면 될지
강이 파란이면 될지

무엇으로 저 강 건널 수 있을지

강물을 부르고 난 후
어둠은 어디서부터 통곡으로 오는지 알지 못했다
이름을 완성하지 못하고
침묵하는 동안
보라색 꽃등보다 먼저 잊혀져

드디어 고난이

# 다만, 모련이어서

나, 국경 아닌 국경에 무릎 꿇는다

멸절이 증오를 덮고 또 무엇을 덮겠는가

눈과 귀를 덮겠는가
대지와 어둠을 덮겠는가

차가워지는 손끝으로 목덜미와 귓불과 머리칼을 느끼겠다

날카로운 우레가 흐려지는 생각의 행간을 찢는다

누군가의 기록을 지우는 일은 삶을 완성하는 마지막 수순이다

뜨거운 숨소리가 격류처럼 흐른다
등줄기가 파꽃처럼 일어선다

주황색으로 찰랑이는 고뇌의 뼈들은 아직 무너지지 않고 있다

꽃씨의 숨겨진 내일이 어떻게 지류의 빛나는 아침과 만나는지

다만, 모련이어서

# 스물 네 살의 산정

시인의 생가를 돌아나오며 담장 아래 피어 있는 부용꽃에 마음 얹는다 담장이 붉은 꽃이파리를 흔들고 있다 낮게 흔들리는 부용 꽃 그림자 서늘하다

떨고 있는 몸이 부용이었다 부용은 세상 빛을 얻어 깊푸른 강물 이고 싶다 비 갠 여름 날은 너른 벌 채워, 스물 네 살의 산정 건너 오고 있다 온 몸 휘돌아나가는 실개천에는 부레옥잠 보라색꽃이 수줍다 부레옥잠 숨겨놓은 방마다 해금의 도도한 선율 흐른다

부용꽃망울의 수줍음 건너 투명한 햇살이다

산정, 아니라면 마음의 깊이로 기록되었을 여름 날이다

부용꽃은 여름 날의 상사였으니

# 영혼이 닿았던 순간은

누가 구름의 거친 말을 기억할까

떠나는 바람의 말은 처음은 쓰고 나중도 쓰다

꽃들이 붉게 타고 있다

꽃들이 떠나는 건 너무 오래 머물렀기 때문이다

꽃들이 떠나도 색정은 남는다

돌아온 피는 경계를 넘지 않는다

떠나는 구름과 바람과 꽃들을 지켜 본 피다

영혼이 닿았던 순간은 정지하지 못한다

동맥을 그었기 때문이다

늦게,

피가 돈다

# 몸의 작은 틈으로

언젠가, 건너기 위해

토함산의 일출쯤이면, 개마고원의 낙조쯤이면 어떨까
텐산의 봄빛쯤이면, 타클라마칸의 겨울쯤이면 어떨까

건넌 후, 서러워지면

몸의 작은 틈으로 펼쳐지는 미답의 생애는 적막한가

홀로 채색에 이르는 야생화, 그 꽃말들을 접으며 상실을 떠올렸
다 상실 뒤에 많은 달빛의 빗장이 있다는 걸 터키식 커피 점괘로
알았다 어둠 깊어 커다란 별들이 호수를 이룬다 호수의 물결이 설
렘이라 걸 깨닫고 나면 뒤에 남겨진 것은 밤하늘에 안긴 벗은 달
몸이었다

무거운 속눈썹에 밤이슬 내리고

지상에서의 숨결은 다시 아프다

## 끝내, 저버리지 못할

시선을 겨울 하늘 멀리 놓는다

울음이 어디서 터져 붉은 저녁일지 짐작되지 않는다

지진으로 광장이 기우는 일조차 가진 것에 든다

두려움 때문에 숨 막힌다고 한 말은 세상의 끝이라는 의미다

긴 침묵이 사제관 붉은 지붕을 건넌다

침묵은 마거리트 흰 꽃무더기를 회색으로 채색한다

저 채색이 원죄라면, 원죄는 사면되지 않을 거라고 말한 걸 후회
한다

미리 본 죽음은 낙화 아니다

구름이 빠르게, 젖은 눈동자를 지나간다

끝내, 저버리지 못할

# 바람의 방향은 바람도 모른다

바람의 방향은 바람도 모른다

살아 있는 동안 너무 많은 일들이 예기치 않게 일어난다

그게 삭제된 문장인 걸 깨닫기에는 참회가 너무 늦었다

꽃잎이 꽃잎에게 하는 말을 들었다

돌아서는 일도, 돌아서는 걸  보는 일도 있다

편백나무숲을 건너느라 육신마저 지쳐 있었다

숲에는 혼령들이 이 나무에서 저 나무로 옮겨간다

편백나무향은 흐느낌의 절반을 담고 있다

장미꽃잎 위에 아직은 숨 쉬고 있는 무릎을 세운다

엄숙하고 경건하다

무릎이 나무가 되고 꽃이 되기까지

얼마나 오래 잊혀져, 다시 살까

# 내 몸 빌어 쓰다 떠난

내 사계는 일년 내내 백야였다

마음의 극점에 걸려 지지 않는 은빛 달을
어떤 연가로 감당 할 수 있을까

내게 오기 위해 독약 같은 세월을  앓았던
너는 얼마나 고적했을까

거처란 그런 것이다

함께 죽자 했던 비명들, 체액 흔건한 웃음소리들
유빙으로 흐르는, 극지의 해변에 적막 쏟아붓는

은빛 달은 내 몸 빌어쓰다 떠난

# 그 곳

그 곳은

함께 했던 지상의 모든 지점이었으니
너,
그 많은 지점을 이어간 마음의 색깔을 어느 페이지에 기록하게
될지

너, 속의 내가 머물던 지점은 언제나 저물녘이다

그 곳에

눈 내리고 북풍 사납다
내가 홀로 머물던 유배의 낯선 지명, 그 곳
까마귀떼 날고
지금은 오로지
슬픔 일렁이는 낡은 지명, 너에게는 기억되지 않는 유폐의 장소

그 곳에

달빛으로 써내려간 너의 내간을 묻고 오는 나를 내가 아프게 본다

가슴에 묻어도 될 일이었다

# 어죽이네의 일상

작은 도시의 불빛이 흔들렸다

우연히 눈길 닿은 담장

벌거벗고 물고기 잡고 있는 중섭 가족의 은박지 그림이 살아 움직이고 있다

피난처 제주, 먹을 게 없어 매일 바다로 나가 게와 물고기를 잡았다
아이들은 신명 났고 마사코는 슬펐고 중섭은 마음 아팠다

은박지를 그을 때마다 마사코의 가슴에 피가 뱄다
은박지 수 백 장은 절망의 파도였고 비애의 뱃길이었다

날카롭게 그어진 은박지로 검은 밤바다가 밀려왔다
두 아이를 무사히 일본으로 데리고 갈 수 있게 해달라고
마사코는 밤바다에 빌었다
중섭은 원형의 공포로 내일로 드는 문의 손잡이를 돌리지 못했다

그들의 안타까운 삶을 '어죽이네'에서 만난다


마사코와 중섭과 두 아들이 시멘트 담장에서 밤안개에 젖고 있다

# 복수초 노란 꽃이 은유에 걸려 있는 밤

잿빛층이 점점 가까워진다고 타전했던 너는
마음을 꽃피우는 여자

그런 너를 두고 복수초 노란 꽃을 노래하는 나는
근육질 말들을 행간에 숨기는 남자

너는 어둑한 과거로 낸 창을 통해
혼돈의 불빛을 펼치는 여자

안타까움을 버릴 수 있을까
사무침을 버릴 수 있을까

너는
어느 쪽도 버리지 못할 것이지만
이미 둘 다 버린 여자
나는
젊은 날들의 번뇌를 견디라고 말하지 못하지만
이미 침묵으로 말해버린 남자

분노 없이 용서를 말하는 나는

복수초 노란꽃이 은유에 걸려 있는 밤을 두려워한다

제3부

파문 후의 꽃고비꽃

# 파문 후의 꽃고비꽃


군락을 이룬 꽃들 북쪽으로 쓰러지다/파문의 시작인 것


파문을 맞다/돌이킬 수 없는, 길 아닌 길인 것


길 끝에 서 있는 사람을 눈멀게 하다/보이지 않는 세상을 의심케
하는 것


어디까지 경계냐고 묻다/ 무수한 경계를 지우고 싶은 것
어디까지 대지냐고 묻다/마지막 질문을 의심하지 않는 것


어긋난 것들은 독을 품다/중추로 번지는 가사여서 황홀한 것
독으로 파문을 견디다/앤딩 화면의 음악은 우울한 것


파문 후, 꽃고비꽃은


보라색 꽃이 보라색 꽃물로 진다, 어느 육신이든 뿌리 내리고


살아야 목숨이다

# 그늘의 서식

하늘이 먼저 품은 것은 사과꽃이었다

사과꽃은 해마다 몇 알의 사과를 남겼으나
그늘의 서식으로 그을음병을 맞아 몰골이 사나워지는 것이었다

꽃마다 여백을 두어 태양을 쉬게 하는 것으로 낙화의 시간을 유
예시켰다면
봄은 공모의 질타를 피할 수 없을 것이다

봄은
꽃 속의 색정을 더는 숨겨두지 않을 것이다
사과꽃 지고 나서, 울음이라면 용서겠다
봄이니
여자가 그을음병을 깊이 숨겨
화사한 웃음으로 돌아올 수 있을까

사과꽃 벙글기 시작했다
나비는 사과꽃 잠시 머물러 현란한 색깔을 펼친다

나비의 날개가 황금빛으로 빛난다면 여자가 차령을 넘고 있다는 전언이라고 믿겠다

차령 넘는 것으로 용서겠다

사과꽃은 꽃향을 풀었지만, 이미 여자의 사과꽃은 아니었다

# 자미 꽃그늘 돌아서는

분홍 꽃숭어리에서 몸내가 올라왔다

향기이기도 하고 정한이기도 했다
자미를 두고 설렘은 후회거나 탄식이었지만
홀로 피고 이울기를 한 계절이다
자미는 마지막일지 모르는 꽃망울을 터뜨렸다

자미꽃 여름은 내내 혼돈의 서사들이다

우레 다녀가고 낙화의 새벽 뒤엉키는 일 잦았다
먼저 핀 꽃이 먼저 시들지 않는 모순, 낙화의 길에 들어서
뛰어내릴 순간을 찾는 일은 더 혼란스러웠다

보이지 않는 질서가 꽃 피우고 지우는 밀명, 이끌지는 않는다는
걸 알았다

끝내, 자미 꽃그늘 돌아서는 여름 한낮

# 꽃물 든 무릎

핑크뮬리는 황홀한 죽음의 시작이다

부끄러움을 알았다면 품지 않았을
나신으로의 매혹이다

꽃물 들어 머물고 싶은 곳

지상의 눈부신 햇살 아니라면
뿌리로 견디는 어둠 아니라면

절명시의 마지막 문장은 아닐지

선사의 밀어로 나신이 물든 후
욕망은 거룩하게 높아
어느 하늘로

꽃물 든 무릎 무너질지

꽃물이었으니

그 밤,

만월에 번지는 아릿한 핏자국이었으니

# 적소

\*

호수 건너 보일 듯 말 듯 하던 마을이 보이지 않는다

어긋남을 생각하면 과거를 지우는 적소다

난폭하게 퍼붓는 폭우, 그 많은 붉은 흙물이
고백이었던, 혼란스런 말들은 횡포였다
횡포가 연민이었으니
연민의 깊이를 짚던 날은
세상이 온통 는개다 다시 퍼붓는 폭우 속의
호수는 기억하기 싫은 착란이다

\*

차령이 구름 놓아준다
계곡 물소리 조용해지고
통한이 되기까지 산색은 바뀌지 않는다
수목장숲 떠나는 발소리 멀어지고
해바리기 꽃판 어두워지는 시간
호수의 물결에 수많은 절명이 기록되고 있다

홀로 남겨진 낮달은 누구의 후생인지 짐작되지 않는다

호수 건너 보일 듯 말 듯 하던 마을이 보인다

# 고도, 그 모멸의 행간

*

취객은 거칠게 명주저고리를 잡아끌어
찢어놓았다
능욕이었다
찢어진 명주저고리가 아까워서가 아니라
쌓은 정이 끊어질까 두렵다고 썼지만
분을 삭이며 쓴 시가 증취객˙이다

*

명주저고리가 아니어서
찢어지지 않았던 느린 시간과
어둔 공간은 수치였을
그곳은 이화우 흩날리지 않는 삭막이다

흐르는 술잔에 서간이 뜬다

고도, 그 모멸의 행간을 읽지 못하면
살이 찢겨지는 수치다

뜨거웠던 여름은 그렇게 사람을 버렸다

•이매창

# 모항*

아프다고 소리치면

맞은 편 섬에서 괜찮다고 대답할 것 같은


모항은


어디가 아픈지 알게 한다


침몰은 처방 밖의 병이어서

출어를 앞 둔 선원들도 외면한다

소형 어선들은 수장의 기록을 숨겨

폐선에 이르기까지

몇 번이나 죽은 자의 이름을 부르며 선수를 흔들게 된다


선단의 어망 속에는 수많은 통곡들이 포획되어 있다


출어 금지는 세상의 어망들을 폐기한다는 뜻이다

난파를 감당할 선원은 없다


모항이

도시를 향해 떠난다

만선으로 돌아오지 못할 출항이다


출항을 기다리던 여자는 승선하지 않았다

* 충남 태안군 소원면 모항리의 항구

# 악마의 속삭임

오늘 파기해도 이르지 않다는 악마의 속삭임은 달콤하다

서녘 하늘을 붉게 물들이며 지는 해를 물끄러미 보는 일, 풀잎 위에 위태롭게 앉아 있는 이슬을 안쓰럽게 들여다보는 일, 유리창에 머물다 떠나는 느린 시간을 안타깝게 바라보는 일, 몇 년을 속절없이 보내고 헌 신발을 손질하는 일, 도서관 서가의 자라지 않는 어둠을 더듬어 분류번호의 뒷자리를 찾는 일, 비둘기의 발목에 전서를 묶어 날린 후 버드나무 가지 물고 돌아오기를 기다리는 노인을 TV화면에서 오래 보는 일, 폐쇄되지 않은 죽은 시인의 홈피를 방문하는 일, 유고 시집인 줄 모르고 펼치다 서문에서 고인의 따님 이름을 발견하는 일,

시작노트를 파기하는 일은 이처럼 쓸쓸한 일이다

피가 마르는 고통을 견딜 수 없을 때

너의 이름으로

# 찬, 찬

가을 아침은 시린 손등의 깊이를 알 수 없다

새벽달 머문 손등은 어두워 서간을 읽을 수 없다

별들 건너 뛴 손등은 어떤 숨소리도 상련 아니다

붉은 열매의 과육 마르는 소리로 손등은 청빈이다

머물다 떠난 사람의 흔적 선명한 손등은 난비다

투명한 손등을 건너면 돌아올 수 없는 연모다

쓸쓸한 날은 손등으로 흐르는 강을 만나 행려다

손등, 그 차가움의 높이만큼 산맥은 솟구친다

손등 마르면 낯선 지명을 찾아 길 떠날 은둔이다

# 좌초의 선험

*

회항 항로가 보이지 않는다
무거운 시간이다

남자의 여백은 구원 아니었다

저체온이 배 위에 드러난 날은, 슬픔 없이
연민 없이 회항 항로를 타륜에 걸 수 있었으나

여자는 회항을 원하지 않았다

*

뒷모습 때문에 우는 날 있을 거라고
그 선험의 장면을 보여 달라며 미간을 좁히던
여자는 순례의 길 위에 있다 여자는
달빛으로 허리 베이며
발등에 피 마르는 날 없다 했다

푸른 어둠 무릎으로 스민다, 자학에 들었던 남자다

검은 별빛 쇄골에 담는다, 해변에 쓰러져 울던 여자다

흔적을 찾아 헤매는 여자의 새벽 바다는

좌초의 선험이다

# 날, 날

이것 때문에

그리 오랜 기원을 남겼나
그리 오랜 비탄을 남겼나

오래되어 아련한 혹은 희미한

그 많은 날들은 훼멸이었나

발소리가 세상 밖으로 멀어지는 걸
저주처럼 혹은 축복처럼 느끼면 될 건가

세상은 차갑고, 예감은 멀어서
백년이었을 날들, 날들 있어

수 백의 달을 띄우고

달빛 잠긴
새벽 강물이던가

이것 때문에

오, 이 깊고 아린

# 황강

여자는 우포늪 가시연꽃으로 피어 한 생이고 싶었다


여자는 강물의 깊이를 넘는다 해도 우포까지 빈 몸으로 갈 수 없다
여자의 황강은 사라졌다 돌아오고 다시 사라져 안개 속을 흐른다
강의 몸부림을 본 일 있는 여자는 속옷을 강물에 풀어놓는다
황강은 여자가 성모이기를 기원했고 여자는 세속을 고집했다
여자는 강물에 무지개를 걸고 황매산 그림자를 품는다
강심을 건지던 여자는 숨 쉬는 돌을 건져올리고는 기절한다
숨 쉬는 돌이 금관가야의 사내라고 믿는 여자는 무릎을 꿇는다
여자는 아유타국 공주거나 몰락한 가문의 딸일지 모른다
홀로 걷는 물길 있어 여자는 낯선 지류를 낳는다
여자는 우포늪 멀리 돌아 낙동에 닿고 싶어 안개 껴안는다


여자는 돌 하나를 더 낳아 작은 왕국을 세우고 싶다


황강에 와서 깊고 그윽한 노래 부르는 사내 있다

## 암각의 새

백련 피었다

내게 돌아올 살은 경계 너머 돌 속에 박혀 백년이다 돌 밖으로 나가 산맥을 넘고 싶었던 검은 새가 풍화에 들어 천년이다 그렇게 사라지는 영혼을 백련의 흰 빛에 묻는다 백련이 수척해지는 저녁이다

환생을 말하지 않는다면 시작은 너무 늦었다

운명이라고 말하면 운명이 되는 건 아니다

홀로인 새는 처음부터 홀로였다

묘비명은 하얗게 빛나고 슬픔 없이 죽은 자의 이름을 부르는 하루의 묵념은 천상에 닿지 않는다 환생이라 했으니 어떤 모습으로든 돌아올 것을 믿는다 암각의 새들을 날게 한다면 풍화 이전의 모습을 놀라지 않아도 된다

암각의 새가 눈동자를 움직이는 날은

다른 별에서 시작된 서사거나 환생 이후의 서약이어서

운명이라고 말 할 수 없다

# 메타세쿼이아숲으로 간 사람

메타세쿼이아숲으로 간 사람은 돌아오지 않는다

어둠이 숲 저쪽에서 소리 없이 밀려온다

수중왕릉을 다녀갔다는 풍문 들었다

풍문으로 발자국 흐려지고 새벽이 바뀌는 일 잦다 이곳에 머무는 동안 별들 신라의 하늘을 떠나 사마르칸트의 구르아미르 위에 검게 빛나는지 알아본 후, 메타세쿼이아숲을 향해 떠나겠다

지상의 목관은 메타세쿼이아의 꿈이다

수중 석관에서 천년을 누릴 거라 들었다

목관과 석관의 어긋남은 산자의 선택 아니다

# 구절의 눈빛

*

구절초는 매일 떠났다

망월동이나 팽목의 해안에서 보라색 꽃잎을 펼쳐 푸른 멍을 가리고 있을 것이다 시월 깊어지면 구절초는 더 멀리 떠나고 싶어 입술을 물 것이다 떠나면 돌아오지 않는 구절초, 보랏빛 꽃잎의 정절을 역성이라고 말할 수 없겠다 돌아올 수 없는 길을 떠나지 못해 먼 하늘 그리는 군락의 노란 꽃판이 구절의 눈빛은 아닐까

깊이 묻어 두었던 사초는 읽을 수 없게 퇴락했다
난독의 사초 속에서도 천기는 붉게 솟아올랐으면 했다
그것으로 한 시대의 용서를 말 할 수 있겠다 싶었다
밀서를 열어 시대를 잘못 끌고 간 죄를 묻는 것이
구절초를 돌아오게 하는 일이겠다 싶다

구절초를 무리 지어 꽃 피우게 했으니
매일 떠난다고 어찌 뜨거운 가슴 아닐까

*

떠나고 돌아옴이 구절초만의 일일까

## 서로에게 난민이었다


서로에게 난민이었다


그 뱃길로 기울어지는 밤, 달빛은 파도마다 올라타 절명을 맞는다


무사히 타이티에 상륙할 수 있다면 다음 기항지까지 가는 여정은 버뮤다 삼각해역을 넘는 일이다 페루의 일로항은 봄물 들어 설렐 것이다 달빛은 투명하여 생각의 가파른 빙벽을 다 보여준다


욕망에서 욕망으로 가는 길은 별에서 별로 가는 여정의 난파였다 난파 속에서 꽃이 피고 이울고 바닷길을 떨던 여름 밤은 다시 오지 않는다


번뇌는 뇌수를 거쳐 허리의 흩어진 유년으로 번지며 기억의 퇴적들을 허문다 밤바다와 달빛과 숨소리와 한 권의 시집이 전부다 밤바다와 달빛과 숨소리를 망명이라고 쓰지 않겠다
읽지 않을 시집의 저자를 생각한다

# 허구의 젊은 날들

태풍전망대에서 11시 방향으로 작은 교회가 서 있다

DMZ에서 적과 가장 가까이 있는 GP라고, 크게 소리치면 들린 다고, S자로 휘어져 나가는 강이 임진강이라고,

나는 교회의 첨탑에 걸려 헌병의 브리핑이 들리지 않는다

저 작은 교회에서 일요일마다 예배를 드리는 병사들이 총을 들 수 있을까

교회 첨탑 십자가에
허구의 젊은 날들이 펄럭인다

유자철조망이 허구고, 암구호들이 허구여서

제대할 때까지 면회 한 번 다녀가지 않은

매설지뢰였거나 접근금지구역이었던

제4부

# 베르베르의 붉은 저녁

# 베르베르의 붉은 저녁


붉은 땅 베르베르로 가겠네

손바닥을 붉게 물들이고 등도 붉게 문신하고
볼 붉은 아이를 낳고 아이의 붉은 잇몸을 보겠네

붉은 흙으로 붉은 집을 지어 사하라를 건너 온
귀한 사람을 위해 넓다란 응접실을 만들고
화덕에 커다란 빵을 굽고 마끌루바를 내겠네

붉은 땅 베르베르로 가겠네

가서, 붉은 벽돌에 설형문자로 사막을 노래하겠네

버킷리스트의 목록이 하나 남을 때까지
베르베르의 붉은 흙집에서
사막으로 지는 해를 보겠네

사하라에 묻힌 낙타의 턱뼈가 붉게 물들 때까지
붉은 모래바람은 사구에서 사구로 옮겨 갈 것이지만

하나 남은 버킷리스트를 열지 않겠네


베르베르의 붉은 저녁


멀리 사하라 넘어 한 생애, 붉게 물들이는 그날 까지

# 헹켈 트윈 컬렉션


설명과 설득은 모호한 질문 위에 짓는 사유의 집이다


중년 화가의 거실은 밝고 화폭의 꽃무릇꽃 담홍 색깔은 현란하다
불란서에서 아내를 도둑맞은 일 말고는 흠 없는 남자다


그의 아내는 무어라고 불란서 남자를 설명했을까
무슨 말로 남편을 설득했을까


그때 중년 화가의 나이프에 묻어 있던 오일컬러가 담홍이었다
예기치 않은 상실을 꽃무릇꽃으로 위로 받고 싶었을 무국적 화
가였다


그에게 군락을 이룬 꽃무릇꽃은 설명되지 않거나 설득 할 수 없는
멸망하는 제국의 여왕 폐하였다


담담한 그는 담담하지 않았다
여왕폐하를 짓이겨버린 밤은, 슬며시 새벽의 미몽을 팔레트에
밀어넣었다

그는 헹켈 트윈 컬렉션에서 큰 칼을 내려놓고 조용히 아내를 깨
웠다


꽃무릇꽃은 잎에 대한 상실을 오래 앓는다

# 연흔

*

젊은 연인들은 개찰구 앞에서 뜨겁다
차마 거둘 수 없는 시간, 짧고 격렬한  포옹이다
여자는 서둘러 개찰구를 통과한다
남자는 여자가 계단을 내려갈 때까지 지켜본다
계단은 남자의 붉은 어둠에 닿는다

여자는 계단을 내려서기 전 잠깐 뒤돌아본다
여자의 눈망울이 젖어 있다

붉은 어둠이 밀려온다

*

젊은 연인들은 카페에 마주 앉아 있다

피가 마르는 것 같았다고
팔월의 태양이 도시를 끌고 간다고
도시가 지쳐 보인다고
세상이 바뀌는 중이라고

식은 찻잔을 감싸쥐고 눈으로 말한다

젊은 연인들의 시선이 가 닿는, 먼 곳은 붉은 어둠으로 차 있다

*

젊은 연인들은 고량주를 털어 넣는다
여자가 목이 탄다고 말 한다
남자는 가슴이 탄다고 말 한다
목과 가슴에 남은 상처가 젊은 연인들의 연흔이다

이번이 마지막인 거 알아, 슬픈 결의다

# 동백꽃 사서˙

　이제 입술의 아름다움을 말 해야겠다 입술의 슬픔을, 파탄에 이르는 피 맛을 말해야 겠다 수많은 겨울을 건너 여기에 이른 입술은 초췌한 생의 흔적이었다

　이제 가슴의 아름다움을 말 해야겠다 가슴은 뜨거운 생각으로 부풀었거나 차가운 손길로 위축되었던 비밀의 방이었다 그 방을 방문한 날은 비가 내렸다

　이제 둔부의 아름다움을 말 해야겠다 열락의 문이라고 예단 했던 둔부는 숭고한 죽음의 문이었다 문 가까이 간 날은 도시의 검붉은 해가 늦게까지 중천에 머물렀다

　동백꽃 사서는 영원에 이르지 못하는 낙화의 서러운 기록이다

˙사서(四序):봄, 여름, 가을, 겨울

# 붉은 맨드라미

어느 날 심장이

저처럼, 무더기로 하늘을 향해 떠난다

격렬했던 순간마다 내놓았던 심장은 가을이 되어 더 붉게 솟구쳤다

푸른 하늘을 향해 날개를 펼친 심장들은 아득히 멀어져 갔다

김환기의 새를 보라색 바탕에 깐 첫 시집을 받아 든 순간, 나는 심장을 어루만졌다 그 후 몇 번, 심장을 꺼내 들었다 이미 반역의 피맛을 안 심장이었다 심장은 내 안의 산맥들을 옮겨 놓거나 강줄기를 국경 밖으로 옮기기도 했다

정맥 속으로 마지막 말을 밀어 넣었을 때, 심장은 노랗게 질렸었다 심장이 붉은 빛으로 돌아온 건 강물이 조용해지고 난 후였다

그 심장들이 한데 어우러져 가을 하늘로 솟구친 것이다

한참을 걷다 뒤돌아보니 흰 목조주택과 붉은 맨드라미가 어우러져 눈부시다

# 여기 지금, 따스한 모두

너는 그것들이 외치는 함성

너는 흰 꽃이었고, 기념 돌판이었고
너는 죽음이었고, 부활이었고

너는 그것들이 사라진 고요

너는 절망이었고, 삶이었고
너는 고뇌였고, 선택이었고

너는 그것들이 몰고 오는 조용한 슬픔

너는 우울이었고, 울분이었고
너는 극단이었고, 포기였고

너는 그것들이 밀고 가는 어둔 시간

너는 억압이었고, 소외였고
너는 작은 창이었고, 푸른 하늘이었고

너는 그것들이 밀고 오는 구름 기둥


너는 서늘한 그늘이었고, 부드러운 손길이었고
너는 보이지 않는 현실이었고, 넘을 수 없는 벽이었고


너는 희고 긴 손가락을 지켜야 하는 결연


너는 그것들이 이루는 여기 지금, 따스한 모두

# 우아한 서가

시집이 꽂혀 있던 서가는 어느 곳으로 사라졌는지 알 수 없다

서점을 나와 팔월의 태양을 올려다보았다

시인들이 누추해졌다는 생각으로 얼굴이 벌개진다

추방된 시집은 어디로 흘러가는지 궁금했다

삶은 추상이고 몽환이어서, 꿈은 구상이고 현실이어서 미혹이었다

생의 결은 추상과 구상의 삼투에서 온다

슬픈 웃음을 알고 겸손한 분노를 알아야겠다

삶은 우아한 서가다

# 서러운 개화

쑥부쟁이 꽃봉오리가 이슬을 턴다
혹독한 가뭄을 건너온 불굴이다
꽃대 밀어올리는 쑥부쟁이가 눈물겨워
무릎 꺾어 꽃망울 보았다 빈약한 꽃대로
푸른 하늘 조심스럽게 흔드는 쑥부쟁이
감싸안고 볼을 부볐다

기다려 꽃 필 날이 오지 않는다 하더라도
초조함으로, 오지 않는 꽃 필 날을 기다린다 하더라도
무기수의 발소리를 꽃잎마다 숨기느라
늦어지는
쑥부쟁이
그 서러운 개화를 기다려야 하는

막막하고 막막한

# 석조기둥의 기억

석조기둥은 무너지던 제국의 기억을 안고 있다

캠퍼스의 첨탑이 구름 사이로 나타난다
플라타너스가 석조기둥의 햇빛을 묶고 있다

긴 머리칼이 석조기둥을 거느린다

캠퍼스는 제국이었으니 무너지는 일이 잦았다
그 때마다 흔들리던 첨탑, 죽은 설립자의 친필이 쏟아져내렸다
돌계단은 시작되지 않은 청춘이었다
젊은 열병은 배반의 희열이고, 불투명한 선택이다
세사, 이면에 음각된
상형문자를 판독할 수 있을 때
파탄이 꽃잎이 될 수 있을 거라고
푸른 시간은 석조기둥에 기록한다

유턴하며 석조기둥에 번지는 황금빛 햇살을 보았다

네가 돌계단을 떠난 후의 일이다

# 블론디를 보낸 후

\*

그녀는 첫눈에 그에게 반했다
그는 그녀의 미끈한 다리에 눈길 주었을 뿐이었다
그녀의 나이 17세였다
23세 연상인 그는 질주하는 중이었다
그녀는 그의 착한 도구가 되는 것을 두려워하지 않았다

종말을 예견한 그는 착한 도구에게 청혼했다
신혼 하루가 백년처럼 흘렀다

그는 지하벙커에서 애견 블론디에게 독약을 먹였다
바그너의 선율이 블론디를 감싸흘렀다
그녀와 그는 블론디가 마신 독약을 나누어 마셨다
그녀는 한 무릎을 세우고 앉았다
그의 완벽한 도구가 되는 순간이었다

바그너의 중독자가 멈춘 시간에
바그너의 선율도 멈췄다

멈춘 선율이 몇 세기 전에 보이지 않는 시편으로 떠돌았다

*

내 시편이 파시스트라면 될까

너는 그 시편을 저격하는 레지스탕스라면 될까

# 봉인 없는 시대

호수를 가리고 있던 안개를 금서에 올린다

금서의 페이지가 늘어나고, 본 것들은 패총에 기록된다

숲의 숨소리는 뜨거운 육체들의 후기다

금서에 올리지 못하는 이유다

터질 것 같은 밀약이라고, 숲의 숨소리는 나무마다 새긴다

숲의 숨소리를 금서에 올려야 봉인을 생각할 수 있다

닿지 않는 욕망은 예기치 않게 솟구치는 선언이다

숲의 숨소리는 칠흑 어둠을 부른다

그 후, 금서의 세상이다

# 배꽃이 참람이다

짧게 지나간 시간이 참람하고 뜨겁게 흘러간 거리들이 참람하다
거리에서 불쑥불쑥 자라는 혀가 참람하고 커다란 유리창이 떨리
며 마음이 떨렸다 떨리는 마음이 참람하다 참람은 지옥이다 지옥
이어서 달뜨고 참람하다 달이 떠서 슬프고 달이 떠서 애닳다

에스컬레이터의 계단 높이가 참람이고 영화관의 입체음향이 참
람이다 참람은 순간의 일이다 참람은 뜨거워지는 피고 달아오르
는 귓불이고 등 뒤로 잡는 손이고 순간으로 순간을 건너뛰는 도취
다 도취가 죄여서 참람이다 살아서 갚아야 하는 참람이다

달빛 고즈넉한 밤의 배꽃이 참람이다, 참담이기도 하다

여자가 배꽃 지는 밤을 떠나고 있다 여자의 발길에 배꽃 하르륵
하르륵 쌓인다

# 환청

새벽 종소리를 듣는다

고압선 지나가는 계곡에서 나눈 체온은 얼음처럼 식었다
어디서나 세상은 떠났고, 위로의 악수를 참았다
오롯이 기쁨인 날은 손목이 시렸다
버스킹 공연자의 손가락을 보며 울컥 눈물이던 날 있었다
가끔 하늘을 보는 일로 부끄러움을 감추고 싶었다
근육이 눈에 띄게 줄어드는 것으로 늪의 깊이를 알 수 있었다
생각의 갈래 끝에 번뇌가 살아나는 새벽이 두려웠다
몇 봄은 고통이어서, 환멸이어서 좋았다
매일 새로운 삶이 시작되는 건 아니라고 자책했다

저 새벽 종소리의 긴 여운

# 시인의 잠

*

산수에 이른 그녀는 목의 주름을 품위 있게 세운다

말소리는 조용하고 찻잔을 든 손은 투명하다

그녀는 눈웃음을 지으며 호수를 건너다본다

저 호수에 내리는 햇살을 보세요 아름다워 눈물이 날 것 같아요

묵직한 적송들의 밑둥이 어떤 영감을 불러오는 듯 하고요 먼 산과

가까운 산이 어쩜 이렇게 잘 어울릴까요

그녀는 단아하게 말하고는 지그시 눈을 감는다

「여름 소묘」˙를 속으로 읊조리는지도 모른다 생각 했는데 요요

마였다

요요마의 브람스 연주군요, 요요마의 첼로는 마이스키보다 자유

스러워 좋아요 풍경이 달려오네요

그녀는 조으는 듯 했다

짧은 고요가 실내를 조용히 지나갔다


그녀의 여름 날의 잠은 잠깐이었지만 요요마의 연주가 끝나고

있었다

음반을 새로 올리지 않았다

그녀는 진천을 거쳐 여기 차령의 시경재까지 오느라 곤했던 것

이다

　은색 머리칼 몇 올 흩어져 이마에 얹혔다


　*

　그녀 조을던 자리 고요하게

# 몰락하는 오늘


봄의 미미한 기운을 넘어 성지순례를 마친 수레가 온다

수레를 밀고 있는 여자는 고행의 미소 속에 봄꽃을 숨겼다

여자가 수레를 멈추며 말했다

내게 두려워할 지상은 없었어요

그 말 속에
칼끝이 숨어 있는 거 같다
절대 맹약이 있는 거 같다

수레는 여자가 밀지 않아도 굴러갔다

붉은 달은 모든 호수를 비우고 여자를 비우려 했다
여자는 입술을 물었다

절망으로 갚지 못할 부채였다

낯선 이름으로 시작한 봄 날이었다

되돌릴 수 없는 수레를 몰락하는 오늘이라고 써야 했다

여자는 수레를 멈출 수 없었다

# 꽃 진 자리에 내리는 눈

꽃 진 자리의 흉터를 건너다 볼 뿐, 꽃 진자리에 내리는 눈을 생각한다 눈 꽃 세상 다시 와도 꽃 진 자리는 비밀이다 그 자리에 어떤 세상이 펼쳐질지 몰라 들뜬 나날이다

꽃 진 자리 하늘 밖인 걸 알겠다 옮겨 가는 일이 무거운 혹은 무서운 꽃이라던 말이 무엇을 의미하는지 알게 된 날이다 꽃 진 자리는 슬픈 노래를 품고 흰 눈에 덮여 고뇌다 사는 일이 꽃 진 자리의 민무늬였으면 새벽 물소리를 찾지 않았을 일이다

꽃잎 하나에 작은 세상 열리고 꽃잎 하나에 구름 흗던 날들 다 어찌하고 왜 씨방 세우지 않았는지, 꽃 진 자리의 부끄러움은 세우지 못한 씨방 때문이다

흰 눈이 세상을 덮고 꽃 진 자리의 부끄러움을 덮는다 꽃 지며 상처로 남은 목소리를 잃어버리고 몇 번이나 누구냐고 묻는 일은 처음 아니다 성문을 지우며 흐느끼는 달빛 있어 꽃 진 자리를 건너다 보는 일은 아픈 독백이었나

꽃 진 자리로 숨어 눈 멀겠다

# 몽혼의 날개

그 아이는 어떤 질문에는 '네'라고 대답하고
어떤 질문에는 '응'이라고 대답 한다

나는 '네'와 '응' 사이의 경계를 읽지 못한다

경계 속의 모호한 꽃과
모호한 무지개
모호한 안개
모호한 영토
모호한 기호를
오래도록 헤매게 될 게 분명하다

예감을 떨게 하는

모호는

명료한 선언 아닌지, 모호해서 분명해지는 사유와, 따스함의 밝
기를 질감 있게 드러내야 하는 밀회의 그윽한 씬은 아닌지, 닮아
서 숨기고픈 손바닥이 뜨거워진다

경계의 애매함은 꽃 핀 영지를 찾아가는 몽혼의 날개는 아닌지

# 양방향 열쇠의 밤

바리스타인 그녀는 양방향 열쇠를 지니고 있다

커피향을 체크하던 그녀의 눈동자가 흔들렸다
그녀의 우울은 짧은 순간의 접지다
무릎이 닿는 순간의 대지는 차갑다

알츠하이머 초기 증세를 검색할 때
언니의 어두운 시를 다시 읽을 때
첫 번 내린 에스프레소의 맛이 너무 무겁거나 너무 가벼울 때

그녀의 접지는 허벅지로 느끼는 하루의 어두운
출발이다
접지 이후 더 많은 탄식이 양방향 열쇠에
실린다

커피향 속에 노모의 아슬아슬한 여생이 있다

엄마는 고속도로를 가로지르고 싶은 충동을 어떻게 누르고 계셨
을까요 엄마는 모르는, 죽은 사람의 미소가 엄마의 명치 아래까지

는 아니었을까요 그 질문을 푸는 게 이 양방향 열쇠였어요

그녀를 가두고 있는 양방향 열쇠

그녀를 열지 못하고 잠든다

제5부

# 눈빛의 흔적이 몸을 이룬다

# 눈빛의 흔적이 몸을 이룬다

내 안에 숲이 자란다

바람 지나간 흔적을 숲에서 보았다
숲이 기울고 오랜 치유가 진행 중이지만 바람은 또 다른 흔적을
잎마다 새기고 있다

내 안에 사막이 자란다

사막 위에 미나레트를 세우고도 사구는 생멸을 거듭했다
사막 등대가 사구를 영생으로 이끌지는 못했다
낙타의 눈을 감기던 사내의 머리뼈가 낙타의 머리뼈보다 먼저
모래로 스밀 거다
낙타의 머리뼈가 희게 빛나는 건 흔적이 영생으로 간다는 징표
겠다

커피 한 잔의 흔적이 가을밤을 적신다

차게 내려앉는 이슬방울에
아득한 별자리를 흔적으로 남기려고

눈빛이 애절했던 것이다

크림맥주의 흔적 위에 성채를 세우는 일로 밤 깊다

눈빛의 흔적이 몸을 이룬다

몸이 숲이고 몸이 사막이어서
흔적은
거부할 수 없는 순명이고 지워지지 않는 문신이다

# 바람의 집 한 채

아마도

그곳에 거미줄로 된 공중다리를 세우게 될지 모르겠어요
너는 그 때 아마도라고 말했다
그 불확실성과 절망감을 탓할 이유가 없었다

아마도

그곳에 바람의 집 한 채를 가지게 될지 모르겠어요
바람의 집에는 바람의 정원이 있을 거고 바람의 식탁이 있을 거고
바람의 노래가 있을
그곳을 뭐라고 적어야 할지
목요일에서 다음 목요일까지 칠일이던 칠십일이던
아니다 칠천일쯤 지나서
바람으로 해체된
흰 뼈의 순결을 보내겠다
뼈마디를 흐르는 검은 강물이
불길하고 모호한 노래로
바람의 집을 날릴 수도 있겠다

아마도

이 세상의 말들로 밝혔던 별빛이 흐려지는 건
언약이 어두워진다는 의미겠다

# 선택

너는 햇빛이 유리문에 반사되어 눈부시게 아름다운 거리에 서 있으니까

몸이 기억하고 있는 사람의 흔적을 지우는 일은 선택이니까
너는 거리의 왼쪽을 찌른 후였고 피 흐르는 거리를 가방 속에 숨긴 후였으니까
포도를 빠른 걸음으로 걸으며 고통을 말 할 수 없었으니까
너는 정말 무서운 도시라고 고백했으니까
기다리는 일은 죽음처럼 조용하고 무거웠으니까
네가 모르는 사이 도시가 사라지고 무수한 신발들이 흘러갈 거니까

너는 하늘을 보지 않고 걸으니까
너는 소리를 듣지 않고 걸으니까
너는 포도 위로 흘러내리는 도시의 신음소리를 따라 걸으니까

진부하지 않은 도시는 없으니까

유리문이 많은 건물 속에 오래된 도시를 배치할 수 있으니까

기다림은 배신보다 더 아프니까

너는 진부해서 따뜻한 도시의 왼쪽 가슴을 찌르고 선택을 기다
릴 거니까

# 너는 슬픈 시엔*

너는 슬픈 시엔,

슬픈 창녀

세느강가의 슬픈 그림자

가난한 화가의 식탁에 앉아 있는 슬픈 불청객

네 누드를 드로잉 한 화가의 연필은 슬픈 검은 색

젖가슴은 늘어져 뱃살에 닿아 있고

검은 머리칼은 어깨를 흘러 젖가슴에 닿은 후

슬픈 등으로 가고 싶은 오후

너는 슬픈 무릎을 세우고 무릎 위에 슬픈 팔을 올려

팔 속에 머리를 묻고 있는

슬픈 창녀


이 사내가 언제쯤 자살을 기도할까

생각하는 사이 배가 고프고 아이가 울고

아이는 눈이 슬프고 울음소리가 슬프고

붉은 목젖이 슬프고

너는 말라붙은 젖꼭지가 슬프고


화가의 눈빛이 멀리 회색 하늘에 머무는 한낮

긴 머리칼을 손질하고 짙은 화장을 하고

길거리로 나가는 너는

슬픈 창녀

슬픈 젖가슴과 슬픈 정강이를 풀어헤친 슬픈 밤

화가가 물감을 먹거나 휘발유를 마시고

자살하지 않을까 걱정 많은

너는

슬픈 창녀

*고흐가 돌보았던 길거리 창녀, 그녀에게는 누군가의 아이가 있었다.

# 님 웨일즈의 부드러운 역광


그녀는 나이를 잊은 여자였다
그녀가 기억하는 것은 첫눈에 반한 사내였다


그녀는 아시아의 황후를 꿈꾼 여자였다
사내의 전투는 승전보다 패전이 더 많았다
패전의 노래가'아리랑'이었다
한을 건너면 다시 한이 시작되는 통곡의 가락이었다


그녀에게 조선과 아리랑은 슬픔으로 하나였다


전투에서 패한 뒤 우리는 먹을 것을 찾아 헤맸죠 가까스로 피운
모닥불 옆에서 우리는 아리랑을 부르며 울었소 패배의 노래, 그런
날 부르게 되는 노래는 아리랑 밖에 없소 절망의 심연에 빠져들다
가까스로 닿는 바닥 같은 노래였소 희망의 숨구멍 같은 노래가 아
리랑이었소˙


그는 말하는 동안 그녀의 눈동자를 보고 있었다 그녀의 부드러
운 역광이 흔들렸다

그가 언제 어떻게 사형에 처해졌는지 아무도 모른다


그는 영원한 승자였다


• 님 웨일스가 쓴 독립운동가 김산(1905-1938)의 자서전 『아리랑』에서 발췌 인용.

# 강남역 10번 출구

그곳이 벼랑이었다

불꽃은 타오르기 시작하자 흔들렸고
쓰라렸으며 끝이 보였다 끝이 보이지 않는 날은
바람이 10번 출구로 쓸려 들어갔다
바람과 함께 출구 잃은 영혼들이
어둠 속으로 뛰어들었다 어린 여자는
많은 영혼들이 가난하다는 걸 알았다

어린 여자가 코피를 쏟았다
어린 여자는 남자의 차가운 갈빗뼈에 기대 있었다
어린 여자가 떠나고 남자는 10번 출구로 내려갔다
어린 여자가 떠나지 않았어도 출구는 어두워졌을 것이다
정지된 것은 도시의 어둠만은 아니다
여인들의 계절이기도 했다
어린 여자는 정지를 비탄이라고, 절망의 시작이라고
남자에게 말하지 않을 것이다

길은 멀리 있는 영혼을 부른다

끝내 10번 출구는 어두워졌고

어린 여자의 비 젖은 몸, 타투 선명한 울음이 어디서 시작 될지

# 불운

청둥오리는 스스로 풍장에 들었다 가창오리도 까마귀도 애도의 날개로 청둥오리의 굳어진 눈동자를 덮어주지 않았다 청둥오리는 날아오르던 호수에 비춰진 자신을 보았다 품위를 잃지 않고 호수가 담긴 눈을 감으리라 생각했지만 늘어지는 날개가 마음에 걸렸다

호수 둘레길이 숲속으로 이어지는 곳의 높다란 상수리나무 가지에 걸려 있는 청둥오리는 풍장 이후의 모습이었다 나뭇가지에 걸려 있는 검은 비닐조각에 발목이 잡힌 청둥오리였다 불운이라고 밖에 말 할 수 없었다

한 번의 비상으로 배티고개에 이르기도 하고 배티성지의 마리아상 어깨를 빌릴 수도 있었던 청둥오리, 비닐봉지에 숨겨진 죽음의 미소가 청둥오리의 발목을 잡은 것이다 두 날개를 늘어뜨리고 목을 들어 차령을 보지만 능선이 어디쯤서 호수를 비껴가는지 알 수 없었다

한 번 더 날 수 있었으면, 청둥오리는 무거워지는 날개를 들어 올릴 힘이 없다 기다리는 딱따구리는 오지 않는다 딱따구리에게 상

수리나무 무덤을 부탁할 생각이었다

가창오리떼가 날아왔지만 날개가 굳어지는 청둥오리를 거들떠
보지 않았다

# 이별 형식

*

동백꽃은
자신의 모가지를 뚝 꺾어 뛰어내리는 것으로
이별을 완성한다
살모사는
갓 태어난 새끼에게 어미의 몸을 내주는 것으로
이별을 완성한다
사막큰뿔양은
뿔이 너무 커져 제 몸으로 감당 할 수 없게 되었을 때 높은 곳에
올라가 뛰어내리는 것으로
이별을 완성한다
거미는
자신이 쳐놓은 거미줄에 무덤을 짓는 것으로
이별을 완성한다

동백꽃과 살모사와 사막큰뿔양과 거미의 이별 형식은 산뜻하고
숙연하다
*
헤어지자는 여자에게 회칼을 휘둘러

이별을 완성한 남자를 TV 화면에서 본다

호모사피엔스의 이별 형식은 때로

# 명정동 194번지 *

폭염 속에서 명정샘물은 시렸다

운명이라서 애닳고 안타까운 통영행이었다

낯선 지명은 높낮이 심한 구불텅한 길을 내게 던지고
푸른 바다를 안겼다
안긴 것은 너였다
일찍이 쓴맛을 알게 한 너는 뜨겁고 차가운 입술을 풍경 뒤에 숨겨
밤의 시작이거나 기다림의 끝이거나 함께 찾은
명정동 194 번지

어찌 그 지명을 지울 수 있을까
지우지 못하는 너를 그 지명에 남겨두고
깊은 계곡을 찾아 미친 듯 헤매던 나였다

너는 낯선 지명에 남겨두고 온 네가 아니다
너는 난도 아니고 은도 아니고
너여서 오랜 동행이었다

* 백석의 시, 「통영 2」에 나오는 '명정샘'이 있는 곳

# 나는, 돈강 어디쯤 흐르고 있을까

나는 돈강의 유유한 흐름을 본 후
사는 일이 시답지 않았다

나는 러시아의 검은 대지와 베료자숲과 안드레이 타르코프스키
의 느린 화면과 예술인 묘지와 끝없이 펼쳐진 야생화군락과 사원
의 낡은 성화들을 만나 눈동자가 커졌다

획획 지나가는 러시아, 순식간에 밀어닥치는 러시아, 아침 식탁
에 오르는 러시아, 뚱뚱한 별빛이 아침까지 살아 있는 러시아, 속
터지게 느린 러시아

그 날들은 살아서 빛났다

러시아에서 네게 무엇을 물었는지 잊었다 네 대답은 비웃음이었
거나 보드카였을 것이다 아니면 낡은 지도였을지도 모른다

질문은 혼돈이고 질정이며, 척력이고 인력인 것을 알아

살아 있는 날들은 오로지 강물소리였다

너 기다리는 것으로 죽음의 시간이었던

나는, 돈강 어디쯤 흐르고 있을까

# 축배 없는 승리

그가 천천히 숲길을 걷는다
숲은 깊어지고 햇살은 투명하다
시간이 느릿느릿 그의 곁을 따라 걷는다
바쁜 것은 바람이고 햇살이다
찔레꽃무더기도 산벚꽃 그림자도 바쁘지 않다


숲길은 북한강에 닿는다


그는 강물에 마음 띄운다


그의 삶은 축배 없는 승리, 사학에서 사회학으로
옮겨갈 때 혁명은 시작되고 있었다


혁명의 현장을 비껴 있었다는 죄책감이 그를 쓰러뜨렸다


그는 죽은 자들의 이름을 부르며 오열했다


끝내 살아 문학이었으나 치유의 시간은 아득히 멀었다

그는 비린 내음을 풍기며 철철철 흘러가는 강물˙의 유속을 생각
한다

그는 눈길 머물 때까지만 그의 강물인 것을 생각한다


그는 '책읽기의 괴로움'˙˙으로 한국시단을 꿰뚫어 본, 먼저 간 친
구를 떠올린다


그를 만나러 가기 전에 서둘러 시전집을 내야겠다고 생각한다

˙『최하림 시전집』 서문에서
˙˙김현

## E나라로 가는 길

내가 어디쯤 가고 있는지 알 수 있는 단서는 없다

내가 어떻게 살아 왔는지 증명하기 위해 최근 몇 년 동안의 행적을 이미지로 제출해야 한다

내가 어디서 태어났는지 증명하기 위해 출생년도와 출생지와 출생의 고고한 울음소리를 이미지로 제시해야 한다

내가 어떤 지적 반경을 가지고 있었는지 증명하기 위해 서가의 목록을 이미지로 제시해야 한다

내가 사이버 공간을 어떻게 소요했는지 추적해도 좋다는 동의서를 이미지로 제시해야 한다

내가 영혼의 거처를 마련하기 위해 몇 년간 겪었던 내출혈 내력을 이미지로 제시해야 한다

내가 지은 마지막 무덤 이후 다시 짓는 무덤의 모든 석재를 이미지로 제시해야 한다

이미지의 미로는 이것으로 끝이 아니다 네가 E나라였으니 미로는 더 깊어진다

내가 가고 있는 곳은 내 몸의 어긋난 이미지는 아닐 것이다

# 쓸모없는 것들을 위한 송가

\*

헨델은 이발사의 딸을 좋아하게 되었다 그녀의 환심을 사기 위해 오라토리오 '메시아'의 악보를 선물하고 나서 그는 자주 이발소를 찾았다 때로는 밖에서 이발소 안을 훔쳐보기도 했다 그녀의 후광이 황홀했다 그날도 그녀는 손님의 머리를 자르고 있었다 그는 두근거리는 가슴으로 그녀의 후광에 빠졌다 아빠, 메시아 악보 한 장만 찢어주세요. 머리칼 쓸어 모으게요.

헨델은 조용히 그곳을 떠났다

\*

손아무개 시인이 시골 식당에 들렸다 식탁 다리받침으로 놓여 있는 책의 표지가 낯익었다 그의 시집이었다 다리 하나가 시인의 이름을 찍어 누르고 있었다 이름은 찌그러져 답답하고 창피했다 어찌어찌 시골 식당까지 흘러와 혼밥 목 메이는 시간, 식탁은 한 다리를 시집 속으로 밀어 넣어 따뜻했을 것이다

장시집 〈시베리아의 침묵〉 여섯 권이 예스24 중고서적으로 나와 있다 9900원짜리 1권, 12600원 짜리 1권, 12650원 짜리 1권,

13500원 짜리 3권이다 정가는 15000원이지만 구매해 읽고 내놓은 것인지 저자에게서 기증 받아 읽지 않고 내놓은 것인지 알 수 없다

어느 소읍의 오래된 식당에서 낡은 식탁받침으로 쓰이고 있을 『시베리아의 침묵』의 안부는 아직 모른다

*

몽상은 꿈과 현실 사이의 거리를 비춘다

시집 속에 갇혀 욕망의 노예가 되고 있는 나를 본다

# 엔딩 자막

〈극한직업〉은 유쾌하고 코믹하다 액션장면은 리얼하고 상처 분장은 과도하다 형사들은 오버액션이지만 흡인력 있다 사족 같은 포상장면이 좀 지루하다 싶었을 때 엔딩 자막이 오르기 시작한다

주연부터 조연, 단역과 엑스트라처럼 보이는 연기자까지 이름을 올려준 감독은 희망 고문을 시작한 듯하다 한 번의 영화 출연으로 평생을 영화판을 떠나지 못하고 배회할 것 같은 불길함이 밀려온다 잠깐 스치고 지나갔을 단역의 이름에 김윤배가 보였다 찰나의 일이었다 그의 배역은 수원갈비통닭 대구분점 조직원이다 그가 어떤 연기를 했는지 기억나지 않는다 데뷔작이 존재감 없는 단역이라면 배우로 꽃길 걸을 날 오게 될지, 단역으로 겨울 개울물 속에 몇 시간씩 엎드려 있었던 무명의 배우를 기억한다

배우 김윤배의 운명을 훔쳐본 것 같다

계속 올라오는 엔딩 자막에 수많은 김윤배가 빠르게 나타났다 빠르게 사라진다

엔딩 자막이 다 올라오고 객석에 불이 들어왔지만 나는 일어설 수 없었다

# 내 안에 몇 개의 어둠과 몇 개의 아침이 있다

*

어둠은 서가의 오래된 냄새에서 온다 어둠은 홀로 피고 홀로 이
울던 동백꽃잎의 검붉은 사계에서도 오고 아무 일 없이 몇 년 지
나고 나서 뒤돌아보는 핏빛 노을에서도 온다

여자는 극단이었고, 극단이어서
온 몸을 떨었고
여자를 안고 있던 뜨거운 말들이
빠르게 식었다

여자는 남자에게
바람의
계곡이었다

여자에게 바쳐진 노래들이 서서히 매몰의 시간으로 갔다

여자는 백 년을 서 있다

여자는 잠간 낮달을 보았다

눈썹이 커다란 호수를 숨기고 있었다


벚꽃이 피지 않았다
바다는 계절풍을 버틸 수 없을 것이다
여자의 손이 마르고
뒤에 오는
두려움 같은 것
침묵 같은 것
냉소 같은 것으로 어두웠다

*

남자는 이슬을 보았다
이슬 속에 빛나는 붉은 해를 보았다
이슬 속에는 새도 바람도 숲도 있었다
이슬 속에 누워 있는 남자를, 남자는 보았다
남자는 오래된 잠언을 하늘에 쓰고 있었다
잠언은
아침 햇살에 빛났다
잠언을 남자는 기억하지 못했다


남자는 이슬 밖 세상의 늪지를 보고 싶었다
남자는 이슬에 누워 백년이었다

백년은 남자에게도 여자에게도 가혹한 세월이었다


\*

내 안에 몇 개의 어둠과 몇 개의 아침이 있다

# 산수유, 붉은 열매를 버리다


*

산수유는 창 가득 채워 노란꽃을 터뜨린다

봄이 오는 풍경은 산수유꽃 노란 그림자를 지나 울타리 밖으로 오기 시작하는 진달래의 붉은 발자국에 머문다 이때부터 몸의 경계는 뜨겁고 매일 마시는 독주는 화엄이다 환청은 산수유 노란 밀실로 가는 도정의 난맥이다 밀실로 들면 온통 샛노란 세상이다 혼몽의 밤을 지나면 산수유 노란 밀실로 벌들 버거운 날개가 몰려든다 봄은 벌의 발목마다 채밀의 노역과 화분의 무게를 달아놓아 좀체 산수유꽃송이를 떠나지 못 한다 저 노역을 감당하고 나서 벌들의 귀환이 이루어지겠지만 그 때쯤 산수유꽃도 벌들을 떠날 준비를 한다

산수유꽃은 노랗게 웃으며 떠났다 노란색은 이 땅에서도 슬픔이었다 마음을 일으킨 것은 분홍빛 연산홍 꽃그늘이었는지 보랏빛 모란 꽃그늘이었는지 혹은 곤줄박이의 울음이었는지 알길 없다 계절은 아름다워 여우비로 산수유 열매를 수유했고 푸른 산수유 열매를 햇살이 품어주었다 그 후 폭우였다 산이 흘러내리고 호수가 붉어져 밤새 울었다 산수유 열매는 몸빛이 달라지기 시작했다

붉은 몸은 산수유 노란 밀실의 완성이었다

한 계절을 몸에 담은 붉은 열매를 산수유는 버린다 가혹한 계절의 풍경이다

*

사람을 버리는 일은 산수유보다 무겁지 않다

# 긴 복도


통영여자고등학교 오래된 건물 복도는 길고 무더웠다
청마는 이 복도를 밟고 이층 계단을 올랐을 것이고
정향은 이 복도를 밟고 가사실로 들었을 것이다

서로 마주치면 슬쩍 유리창 밖을 내다보았을
청마, 정향은 고개를 숙이고 빠른 걸음으로
청마를 지나쳤을 것이다
청마를 지나치며 정향은
어디서 쑥 타는 내음을 맡았을 것이지만
청마 타는 가슴인 것을 눈치 챘을 것이다

긴 복도 어느 곳엔들 두 사람 눈빛 머물지 않은 공간 있을까

하얗게 달아오른 텅 빈 교정에 까르르 웃음소리 구른다

청마는 도열한 여학생들 눈동자에서 통영 앞 바다 물빛을 보았
을 것이다
4284년 11월 1일, 11호봉을 부여받고 통영여자고등학교 교사로
발령받은

청마는

운동장을 건너지르는 정향의 모습을 교무실에서 내다보기 몇 번
이었을지

4285년 10월 31일, 원에 의하여 그 직을 면하고

뜨거운 가슴으로 정향 곁을 떠났으나 긴 복도의 발소리는 더 깊
었을

청마를

하얗게 달아오른 교정에서 만난다


여름 날, 통영여자고등학교 교정은 뜨겁게 적막하고 뜨겁게 무
심하다


교정은 청마의 어둔 그림자를 알아 적막하고 무심할 수 있었을
게다

# 시선

노수녀 세 사람은 시내버스에서 각기 다른 방향을 보고 앉아 있다

보고 있는 방향이 다르니 세파 또한 다르리라

첫 서원의 감격이 다르리라
사랑하고 미워한 젊은 날들이 다르리라
순종하고 헌신하며 산 평생이 다르리라
함께 아파하고 함께 슬퍼한 날들의 깊이가 다르리라

고백하지 않은 죄의 두려움이 다르지 않을까

소천의 순간, 낡은 가죽 성경 위에 마른 손을 올려 마지막 기도를 할 수 있다면

수선화 핀 정원과 물빛 흔드는 새소리와 숲을 건너 온 바람의 냄새와 가까이 내려 앉은 하늘과 익숙했던 병상의 냄새와 슬픔이 배어나던 젊은 수녀들의 목소리와 성당의 돌계단과 묵주의 무게를 간직하고 싶은

그런 날들이, 노수녀들 각기 다른 방향의 시선 속에 설레고 있는 것은 아닐까

# 역류의 사랑, 절대의 사랑

이숭원(李崇源, 문학평론가)

## 1. 사랑의 속살

문학은 인간 존재의 탐구라는 측면과 밀접히 관련되어 있고, 시는 특히 예리한 직관과 압축된 언어로 존재의 비밀을 표현하는 장르다. 시의 공정에는 다른 문학 장르보다 더 분방한 고도의 상상력이 작용한다. 시인의 상상력은 시간과 공간을 초월하여 자유 비행을 감행한다. 시공을 넘나든다는 점에서 알라딘의 램프 같은 요술적 변환을 연상할지 모르지만, 상상력을 매개로 인간의 한계를 넘어서는 탐색을 벌인다는 점에서 시 창조의 과정은 그렇게 순탄하지가 않다.

시는 상상의 자유를 추구하기는 해도 일상적 의사소통의 도구인 언어를 매체로 삼기 때문에 상상의 자유를 실현하기가 생각보다 쉽지 않다. 일상의 언어가 지닌 의미 문맥이 상상적 비약을 수시로 제한하기 때문이다. 그런 의미에서 시인의 상상적 자유는 요술 램프 같은 만능의 자유가 아니라 갇힌 자유고 고통을 전제로 한 자유다. 시인이 사랑이나 역사 같은 인간 보편의 상황을 소재로 삼을 때 새로운 상상의 차원을 개척하는 것은 더욱 어려운 일이 된다. 김윤배 시인의 이번 시집은 바로 이 어려운 과업에 도전한 결실이다.

　사랑의 속살은 복잡 미묘해서 제대로 헤아리기가 어렵다. 사랑의 표피를 들추면 황홀함, 기쁨, 외로움, 그리움, 슬픔 등의 감정이 모습을 드러낸다. 그러나 그것이 사랑의 전부가 아니다. 다시 내피를 들추면 안타까움, 괴로움, 분노, 저주, 파탄, 자멸 등의 착잡한 정동情動이 출몰한다. 사랑의 대상이 무엇이냐에 따라 감정의 층위는 다양한 편차를 보인다. 이성간의 사랑의 경우, 과거의 애틋한 사랑은 보랏빛 환영으로 떠오르지만, 그것을 추억하는 사람의 내면은 쓸쓸하기 그지없다. 그런 종류의 사랑은 황홀하면서도 외롭고, 그리우면서도 애달픈 감정을 불러일으킨다. 김윤배 시인은 그렇게 복잡 미묘한 사랑의 바다를 향해 탐사의 도전장을 내민 것이다.

## 2. 역사와 사랑

　시인은 시집의 첫머리 '시인의 말'에서 "안타까움으로 세상을 읽는다. 사랑스럽지 않은 것이 없다."라고 했나. 안타까움의 심정으로 세상을 보니 모든 것이 사랑스럽게 보인다는 뜻이다. 이러한 믿음을 가진 사람은 행복한 사람이다. 분노의 눈으로 세상을 보는 사람도 있고 저주의 눈으로 보는 사람도 있을 터인데, 그들의 내면이 기뿜이나 그리움의 감정으로 바라보는 사람과 다르리라는 것은 짐작하기 어려운 일이 아니다. 그런데 사랑은 이 모든 상반된 감정을 다 포괄한다. 분노와 저주도 사랑의 일부가 되고, 괴로움과 슬픔도 사랑의 정서 목록이 된다. 말하자면 세상에 대한 사랑을 고백하가 위해 어떤 사람은 분노와 저주의 언어를 동원하고 또 누구는 외로움과 연민의 언어로 호소한다. 그런데 김윤배 시인은 단순한 사랑의 국면을 배치하는 것이 아니라 역사와 결합된 사랑의 양상을 탐구한다. 지극히 미묘하고 다층적인 대상을 소재로 삼기 때문에 그의 시는 매우 독특한 어법을 채택하고 있다. 일반적인 묘사와 서술의 화법을 피하고 짧은 단문으로 분절되는 단정적 화법을 구사하여 시행 사이의 파열과 감정의 입체화를 도모한다.

강물은 강물로 흘러 고원을 다 담으면 안 되는 거다

강물이 설렘이라면

아, 강물이 소멸이라면, 망각이라면

안 되는 거다 기다림이라면, 슬픔이라면 안 되는 거다

강물이 안타까움이라면 될까

안타까움으로 역류의 하루다

하루는 일 년이고 백 년이다

안타까움을 놓고 시간을 말하면 안 되는 거다

안타까움을 놓고 죽음을 말하면 안 되는 거다

도문, 저 급류를 놓고 피 흐르는 역사를 말하면 안 되는 거다

어둠이여!

빛이여!

「도문을 말하다」 전문

이처럼 하나의 문장으로 분절되는 단정적 화법은 역사의 비장함과 사랑의 안타까움을 동시다발적으로 표현하려는 시인의 언어 전략에서 나온 것이다. 시인의 말대로 안타까움의 눈으로 세상을 보니 모든 것이 사랑스럽다. 그러나 현실의 실제적인 국면에서는 희로애락의 연쇄와 생사의 고바가 있고 처절한 역사의 변환도 있다. 전체의 화폭과 세부의 국면을 함께 집약하여 아우르기 위해 그가 채택한 것이 "강물은 강물로 흘러 고원을 다 담으면 안 되는 거다"라는 단정의 어법과 앞에 한 말을 바로 부정하면서 다른 사실을 발화하는 전환의 어법이다. 이러한 어법의 교차 때문에 그의 시는 평범한 일차적 담론을 넘어서서 복합적 상상을 자극하게 된다.

시에 나온 '도문'은 중국 지린성 연변 조선족자치주 두만강변에 있는 도문圖們을 뜻한다. 중국과 북한의 국경 지대로 도문대교가 있고 그 다리를 건너면 북한 지역이 펼쳐진다. 시인은 중국의 도문 지역에서 두만강 물길을 바라본 것이다. 두만강의 상류라 물살이 빠르다. 두만강의 급류를 보며 시인은 우리 민족의 현실과 과거의 역사적 사실에 대해 많은 것을 생각했을 것이다. 지금은 자유롭게 건널 수 없는 금단의 지역이지만, 어느 먼 과거에는 여진과 말갈이 넘나들었고 백년쯤 전에는 집과 밥을 잃은 유랑 이민들이 살 길을 찾아 강을 건넜다. 두만강이 처음 열렸을 때부터 지금까지 무한한 시간이 흘러왔고 앞으로도 무량한 시간이 흘러갈 것이다. 과거의 시간과 미래의 시간이 두만강 물결에 겹쳐진다.

두만강 너머 함경도 고원에서 펼쳐졌을 무수한 사연을 시인은 알 길이 없다. 세부적 사실은 모른다 하더라도 두만강은 절대 잊을 수 없는 존재다. 거기서 펼쳐진 인간의 사연이 소멸과 망각의 지대에 묻힌다 하더라도 두만강은 절대 사라지지 않는다. 두만강은 소멸이니 망각이니 그리움이니 슬픔이니 하는 말로는 표현할 수 없는 무량한 역사성을 지닌 거대한 표상이다. 개인의 가련한 희생이라든가 민족의 처절한 수난 등으로도 요약될 수 없는 상징의 육체다. 그래서 시인은 두만강 물결을 착잡한 심정으로 하염없이 바라볼 수밖에 없었다.

시인은 그 막막함을 "안타까움으로 역류의 하루다"라고 표현했다. 강물은 시간을 거슬러 거꾸로 흐르는 것 같고 시간의 진행이 멈춘 것처럼 보인다. 단지 하루가 지났을 뿐인데, 일 년이 갔는지 백 년이

갔는지 시간의 중력에서 벗어난 듯 정향을 잃었다. 어둠과 빛이 교차되어 세월은 흐르는데 두만강은 그저 그 자리에 멈춘 것처럼 보인다. 시인은 두만강을 역류의 착시 현상으로 관찰하는 것이다. "어둠이여!/빛이여!"라고 어둠과 빛을 나열한 데에는 어둠이 사리지고 빛이 오기를 바라는 시인의 소망이 착색되어 있다.

「도문을 말하다」가 두만강을 민족 역사의 아픔과 관련된 정서로 표현했다면 「반으로 하나인」은 '눈썹창'을 소재로 삼아 인생 전반의 보편적 국면을 암시한 작품이다. 전자가 역사적 상상력에 의거한 데 비해 후자는 공시적 차원에서 삶의 특징적 단면을 제시한 것이다.


눈썹창은 비밀한 세계다

여러 경계를 숨겨 안개다

눈썹창은 세상의 반을 숨기고도 의연이다

숨기고 있는 반에 뜨거운 숨결 있다

광장의 분노도, 색깔의 슬픔도 눈썹창이다

역사, 또한 눈썹창 아닐까

반으로 하나인 낡은 기록

반으로 하나인 오랜 기원

반으로 하나인 대지

반으로 하나인

사람, 사람들

「반으로 하나인」 전문

'눈썹창'은 건물의 정상적인 창문 위에 조그맣게 따로 낸 창을 말한다. 작은 창이기 때문에 이 창으로는 내부의 사정을 다 들여다볼 수 없다. 그래서 그것은 비밀스러운 세계를 감추어 두고 일부의 장면만 보여주는 모호한 안개 같은 느낌을 준다. 이러한 눈썹창의 모습은 우리의 실제 삶을 반영하는 듯하다. 진실이 보이는 쪽에 있는지 숨겨진 쪽에 있는지 우리는 알 수 없다. 광장에 모여 분노를 터뜨릴 때나 밀실에서 자신의 슬픔을 가다듬을 때에 그것이 사실의 전부가 아니라 반쪽에 불과함을 우리는 안다. 우리가 대하는 사람들도 눈썹창처럼 자신의 반만 보여준다. 보이는 반쪽 이면에 무엇이 있을지 우리는 알 수 없다. 세상이건 사람이건 우리는 드러난 반만 보고 산다. 우리도 세상을 향해 우리의 반만 보여주고 있을 것이다. 반만 보고 반만 드러내면서도 그것이 온전한 하나라고 착각하는 전도된 삶을 살고 있다. 이 착시의 삶이 우리들이 살아가는 일상의 모습이다. 우리는 눈썹창의 세계에 살고 있고 그런 환경에 길들여져

서 우리 자신도 눈썹창 같은 존재가 되었다.

이렇게 전체의 반만 드러낸 세상에서 우리는 사랑을 한다. 남녀가 만나 격렬하게 감정이 불붙으면 누구도 그것을 막을 수 없다. 사랑의 불길은 억제가 불가능하다. 사랑할 때도 우리의 반쪽 모습만 보여주는지 그것은 알 수가 없다. 혹시 진정한 사랑을 하면 자신의 모든 것을 보여주는 것이 아닐까? 바로 그 점 때문에 사랑에 몰입하면 자제력을 잃게 되는 것일까? 평소에는 상대의 반쪽 모습만 보고 살다가 상대에게 매혹되어 사랑에 빠지면 서로가 전신을 보여주기 때문에 자신의 모든 것을 건 전율의 역사가 펼쳐지는 것일까? 그래서 사랑에 몰입한 사람은 자진해서 자신의 목숨을 바치기도 한다. 상대의 반만 보며 살고 자신의 반만 보여주던 사람이 사랑에 빠지면 상대를 위해 하나밖에 없는 목숨을 버리다니. 이것이야말로 인간 행동의 미스터리요 해결할 수 없는 아포리아라 하겠다.

## 3. 화염의 사랑

인간은 이기적인 존재라고 하는데 그 인간이 어떻게 자기를 버리고 타인을 사랑할까? 자신의 반쪽만 드러내고 상대방의 반쪽만 이해하는 사람이 어떻게 사랑에 목숨을 걸까? 반쪽만 드러내다가 전신을 보여주면 사랑에 눈이 머는 것일까? 사랑이야말로 인간이 보여주는 가장 모순된 행동 양식일지 모른다. 다음 시는 사랑의 처절함을 극단적 형태로 제시한다. 우리는 이 장면을 통해 인간 사랑의 절대적 모순을 체험하게 된다.

가이드는 사파리를 안내하며 읊조리듯 말한다

아프리카 남부 오지로 들어가면 불륜을 저지른 남녀를 말에 매달
아 달리게 하는 형벌이 있습니다 추장이 지휘하고 부족 모두가 이
극형 장면을 보게 됩니다 모든 정염이 잿빛으로 변한다는 걸 알았
다하더라도 달빛을 꺾었을 남녀입니다 정오가 되면 남녀를 묶어 말
에 매답니다 궁사는 말 엉덩이에 화살을 쏩니다 말이 놀라 뛰기 시
작합니다
말은 밤이 되어서야 마을로 돌아옵니다
돌아온 말의 로프에는 남녀의 등뼈가 매달려 있습니다
밀림은 검게 빛나고 별들 광활한 어둠 속으로 숨습니다
달빛은 등뼈를 희미하게 비춥니다
등뼈에는 안타까운 비명, 푸르게 빛납니다
무거운 적막 흐릅니다

훼절되는 관절 어느 지점에서 서로의 눈빛을 잃고, 목소리를 잃었
는지

「슬픈 등뼈」 전문

사회의 금기를 어기고 불륜의 사랑에 빠지는 사람들이 있다. 그 사
람들도 판단력이 있기에 자신들의 사랑이 타인의 지탄을 받으리라

는 것을 알고 있다. 그러나 사랑의 마력에 매혹된 사람은 불타는 열정으로 인해 사회적 형벌에 대한 공포도 사소하게 여긴다. 유사 이래 불륜남녀를 처벌하는 방식이 다양한 형태로 전해 오는 것은 태초로부터 불륜의 사랑이 존재했다는 사실을 증명한다. 어떠한 외부의 압력에도 멈출 수 없는 사랑의 열정은 사회의 윤리적 통제를 무화시킨다. 불륜에 가하는 형벌이 아무리 끔찍해도 사랑에 빠진 사람은 사회의 금기를 넘어서게 되어 있다. 이것이 인류 역사에 길이 전하는 사랑의 모순율이다.

  아프리카 사파리 여행 중 남부 오지에서 불륜 남녀를 처벌하는 이야기를 안내원에게 들었다. 인문학적 교양의 영향을 받지 않은 지역이기 때문에 인간의 원초적 행동이 오히려 원형대로 보존되었을 수 있다.아프리카 오지의 형벌은 불륜 남녀의 육신을 철저히 훼손하는 방법을 선택했다. 불륜 남녀의 알몸을 말에 매달아 놓고 햇빛이 날카롭게 반사하는 정오에 말 엉덩이에 화살을 쏜다. 놀란 말은 전속력으로 달린다. 들판과 밀림을 달리던 말은 밤이 되어서야 마을로 돌아온다. 말 뒤에 매달린 남녀의 육신은 온갖 물체에 부딪치고 깨어져 등뼈만 남은 상태로 걸려 있다. 참으로 잔인하고 참혹한 장면이다. 이 끔찍한 장면에 밀림과 별들도 숨을 죽이고 고개를 돌렸다고 했다. 잔혹한 형벌은 참담한 침묵으로 끝난다. 그 마을 사람들은 왜 이렇게 끔찍한 방법을 선택했을까? 불붙은 사랑이 사람을 얼마나 미치게 하는지 잘 알고 있었기 때문이다.

  달빛 아래 등뼈로만 남은 그 남녀는 이러한 형벌을 몰라서 사랑을 나누었던가? 대대로 전해 오는 이 무서운 형벌을 몰랐을 리가 없다.

극형의 준엄함을 알면서도 그들은 사랑의 마약에 탐닉한 것이다. 사랑을 나누는 순간마다 죽어도 좋다는 극한의 희열이 두 사람을 사로잡았을 것이다. 그렇게 사랑에 빠졌던 남녀가 말에 매달려 사지가 뜯겨나갈 때 후회가 있었을까? 사랑의 절정을 체험했다면 후회가 없었을 것이다. 영혼과 육체를 바쳐 사랑에 투신했는데 이 허망한 세상에 무슨 미련이 남겠는가? 시인은 묻는다. "훼절되는 관절의 어느 지점에서 서로의 눈빛을 잃고, 목소리를 잃었는지"라고. 인지의 마지막 순간까지 상대의 고통을 걱정하며 눈빛과 목소리를 확인했을 그 남녀, 최후의 순간은 어떠했을까? 절대의 사랑이 극한의 고통으로 바뀌었을까? 그것은 알 수 없는 일이다.


## 4. 사랑의 시작과 종말

사랑의 불길은 한번 붙으면 꺼질 때까지 화려하게 타오른다. 중요한 것은 그 사랑이 반드시 종결된다는 사실이다. 불륜의 사랑은 극한적 형벌에 의해 죽음으로 끝나고, 정상적인 사랑은 시간의 침식에 의해 저절로 불길이 소멸한다. 불이 꺼지면 재를 남기듯이 사랑은 회한을 남긴다. 불륜의 사랑이건 정상의 사랑이건 사랑은 완성되는 법이 없다. 모든 사랑은 실패로 끝난다. 그래서 사랑은 아린 상처를 남긴다. 사랑을 할 때는 가슴까지 쪼개서 진심을 바치려 한다. 자신의 모든 것을 바쳐 진심을 드러내도 시간이 지나면 사랑은 끝나고 흉한 상처가 남는다. 그 상처는 쉽게 아물지도 않는다. 아물 만

하면 터지고 아물 만하면 또 터지는 것이 사랑이 남긴 상처의 특징
이다.

  그러면 사랑은 우리에게 어떻게 다가오는가? 우리 주변의 상황을
가만히 헤아려보면, 사랑의 진행 과정은 운명적이지만 사랑의 첫
발자국은 지극히 미미하고 사소한 일에서 시작되는 경우가 많다.
봄바람이 불어 꽃의 향기를 전할 때 그 향기가 사랑의 도가니로 우
리를 이끌지 미리 알 수 있는 사람은 없다. 사랑의 마법에 어떻게 감
염되는지 알 수 있는 사람은 없다. 시인은 "줄포의 새벽은 이슬로
시작된다"고 말한다.


    줄포의 새벽은 이슬로 시작된다


    이슬의 일생은 절망의 한나절이 아니다
    한나절은 죽음으로 이루어낸 황홀한 소멸과 슬픈 귀환 사이에 있다


    건너다보면 아릿하지만 마주 서면 따스해서 서러운


    - 바다와 사람 사이


    사이에 얼마나 많은 초혼의 눈물이 누워 있는지 만월은 안다
    사이를 노래하기 위해 바람은 파도 위의 흐린 섬들을 순례한다
    사이에 어둔 사람을 놓고 붉은 하늘을 놓는다

저 안타까운 몸짓들, 생각들, 말들이 전생이라면

한 사람을 미친 듯 따라나선 줄포의 새벽이어도 좋았다

「줄포의 새벽」전문

　줄포라는 이름의 포구는 많으므로 이 줄포가 어디 있는지는 중요하지 않다. 전라북도 부안의 줄포항을 생각해도 좋다. 줄포에는 많은 배들이 드나들고 그에 따라 사람들이 오간다. 오가는 사람마다 여러 가지 사연이 있을 것이다. 그 안타까운 사연을 다 늘어놓으면 소설 백 편이 나올 것이다. 그 사연에 당연히 사랑도 있고 이별도 있으리라. 등뼈를 가르는 통절한 운명의 시련도 있으리라. 그러나 그 출발은 미미한 이슬 한 방울에서 시작한다. 이슬에서 출발한 미미한 사랑이 나중에 절망을 일으키고 황홀한 소멸과 슬픈 귀환을 빚어내고 죽음의 파탄을 불러온다.

　배를 타고 망망대해로 나가는 많은 사람들이 있다. 그들의 행로는 저마다 다르겠지만 그 안을 들여다보면 죽음을 애도하는 초혼의 눈물이 있고 아픈 생을 순례하는 고된 발걸음이 있다. 인생이 고해라 했으니 이러한 운명을 피할 길은 없다. 아직 고된 운명에서 벗어나지 못한 사람은 음울한 눈빛으로 줄포의 새벽 붉게 터오는 하늘을 응시한다. 이 모든 광경을 안타까움의 눈으로 바라보니 그들을 다 포용할 수 있을 듯하다. 안타까움으로 세상을 읽으니 모든 것이 사랑스럽다는 시인의 말이 무슨 뜻인지 이해하게 된다. 우리가 알 수 없는 전생의 인연에 의해 이승의 일이 전개되는 것이라면 사랑에 빠져 한 사람을 미친 듯 따라나선 새벽의 출분도 충분히 이해할 만하다. 나중에 관절이 훼절되는 비명에 목숨을 잃는 일이 온다 해도 오늘의 사랑은 절실하고 절실한 만큼 진실하다. 새벽에 출항하는 배에 사랑에 미쳐 몸을 실은 여인도 있고, 사랑을 버리고 승선을 포기한 여인도 있으리라. 그것이 전생의 인연이요 운명의 선택이라면 우리는 그들을 다 이해하고 안타까움의 눈으로 바라볼 수밖에 없는 것이다.

  모든 사랑이 실패로 끝나고 사랑의 열병이 이렇게 지독하다면 아예 사랑에 가슴 가르지 않고 지내는 것은 어떠한가? 그러나 사랑은 DNA에 입력된 본능적 자질이기 때문에 사랑을 거부하고 사는 것은 인간의 삶을 포기하는 것과 같다. 사랑을 하지 않고 세상을 사는 것은 생명 없는 잿빛의 세계에 머무는 것과 같다. 그것은 모든 것이 녹아내리는 회저의 삶이요 빛깔로 말하면 흰 어둠에 해당한다. 사랑의 언약이 시작되어 가슴이 쪼개지고 상처가 생기고 또 그 상처가 아물어 가야 인간의 삶에 선홍의 보랏빛과 가슴 저린 연분홍 채색이 여울지게 된다. 사랑의 불길에 휩쓸려 폐족의 운명에 빠진다 해도 그 길을 마다하지 않는 히폴리투스의 후예들이 사람이다.


  마지막 한 방울의 피를 모래 속으로 흘려넣는다 사막여우의 발소리를 어렴풋이 들었다 의식은 아직 분명해 모래바람의 방향을 기억한다 편서풍이면 고비는 아직 오월이다 서로의 그림자를 밟으며 살아온 눈부신 날들이 무슨 의미가 있겠나 분노로 수 십 년을 살아가

더라도 이 혼돈과 멸문을 고비의 덩굴가시나무에게조차 발설할 수
없다

꽃대 밀어올린 상사화 군락의 환시, 화사한 꽃의 시간을 펼친다 하
더라도 두고두고 아픈 잎새들은 볼 수 없다 폐족의 어긋난 운명을
슬픔이라고 말해서는 안 된다

모래바람 속에서 몽골산 보드카 반 병, 발티카 세 캔으로 제의는
끝낼 일이다 빈 캔 속으로 풍문들이 쓸려 들어간다 초원을 달려오
는 여인의 채찍소리가 들리기 시작한다 그녀의 빠른 몽골어를 어렴
풋이 들으며 뼈마디는 가벼워질 거다

참혹한 선택, 그 이전의 시간으로 옮겨질

「폐족의 시간」 전문

한때는 당당하게 세상을 살다가 어떤 이유에 의해 멸문의 화를 당
한 사람들이 있다. 혼돈과 멸문으로 이어진 그들의 내력을 이루 다
발설할 수 없다. 멸문의 폐족이 된 사람들은 모래에 피를 흘리며 마
지막 숨을 거둔다. 이미 파멸의 길에 들어선 사람에게 과거의 역사
는 수모가 될 뿐이다. 모래 구멍에 뼈를 묻고 사막여우의 벗이 되어
해골의 시간을 버틸 뿐이다. 상사화는 꽃은 잎을 볼 수 없고 잎은 꽃
을 볼 수 없는 비대면의 운명을 지니고 있다. 화사한 꽃과 아픈 잎새
가 서로를 볼 수 없는 처지. 폐족의 어긋난 운명은 그와 같다. 그러

나 누구도 원망할 수 없는 것이 폐족의 처지다. 멸문에 이른 과정은 한갓 풍문으로 전해지고 어디선가 저 옛날의 몽고 여인이 말달려 오는 소리가 들리는 듯하다. 그렇다 하더라도 달라질 것은 없다. 그녀의 빠른 몽골어를 환청으로 들으며 썩어가는 자신의 몸이 모래바람에 쓸려갈 것이다. 그것이 사랑에 모든 것을 바친 폐족의 운명이다. 사랑의 선택은 그렇게 참혹한 결말을 맞이하게 되지만 그래도 사랑은 유사 이래 지금까지 그 현란한 유혹의 몸짓을 멈추지 않는다.


## 5. 사랑의 환각

인간은 많은 모순과 비합리를 간직한 존재다. 그렇게 복잡 미묘한 인간이 벌이는 행위 중 가장 다층적인 행위가 사랑이다. 그러기에 사랑을 시로 표현하는 것은 지난한 일이다. 어려운 만큼 대단히 매력 있고 흥미로운 일이기도 하다. 김윤배는 이 어려운 사업에 투신한 새로운 기획자다. 무한화서로 피어 있는 꽃의 내부로 들어가 중심축을 탐사하는 사랑의 박물학자다.

척박한 봄이었으니 꽃차례조차 무한총상이다

너는 그렇게 봄의 시간을 묶고 삶을 묶는다
속수무책, 부러지기 쉬운 줄기를 움켜쥐고
잎이 피기 전의 시간을 담아낸

너는 백의의 정령이거나 성녀겠다

너는 개화의 아픔을 기억해서는 안된다

만개 아니었다면 너를 부르지 않았을,

매혹은 쉬이 무너지는 육체여서 슬펐던 봄날이다

너를 이곳으로 이주 시킨 나쁜 남자를 생각한다

순백의 시간 건너며 몸빛이 변해가는 걸

몰랐다면 그건 죄다 싶은 봄날이다

이제는 개화의 통증을 피워내

햇빛 머물게 하는 너를 몰랐다 말하고 싶다

너를 몰랐으므로 봄날을 몰랐을

봄꽃, 그 난망의 생을 지켜볼 뿐


미선이어서 더 아릿하고 희디흰

「미선나무 흰 꽃의 시간」 전문


미선나무는 아름답다. 잎보다 먼저 흰색 꽃이 촘촘하게 연이어 핀 모양은 개나리와 비슷한데 그것이 군락을 이룬 모습은 매우 황홀하다. 개나리와 달리 좋은 향기까지 풍기니 금상첨화다. 아름다운 부채라는 뜻의 고운 이름을 얻었고 충청북도에 자생하는 토종 미선나무는 천연기념물로 지정되었다. 잎보다 먼저 피어 봄소식을 전한 미선나무의 꽃은 봄날과 함께 저문다.

시인은 미선나무가 봄의 척박함에 맞서기 위해 그 소담한 모습을 지켜주었다고 상상했다. 척박한 봄인데도 총상꽃차례의 화려한 개화를 보여주었다고 생각하지 않고, 척박한 봄에 맞서기 위해 화려한 꽃모양을 보여주었다고 상상한 것이다. 연약한 줄기마다 그렇게 많은 꽃을 달았으니 "백의의 정령이거나 성녀"라고 상상했다. 꽃이 피는 순간 어떤 아픔이 있었을지는 모르겠으나, 만개의 황홀한 아름다움 앞에 매혹되지 않을 사람이 없다. 꽃이 지면 잎이 돋아나지만, 군락을 이루기 때문에 한 가지의 꽃이 져도 다른 가지의 꽃이 이어져 풍성한 모양을 한동안 유지할 수 있다.

그러나 아무리 자극적인 매혹의 장면도 시간이 지나면 사라지고 순백의 시간이 지나 몸빛이 변하게 된다. 시간의 변화를 예상하지 못한 것은 아니지만, 막상 꽃이 지는 것을 보니 개화의 아픔이 느껴지면서 아쉬운 마음을 추스르기 힘들다. 도대체 이런 아름다운 여인을 누가 세상에 보내 이런 시련을 겪게 하나, 그런 생각마저 든다. 잠시 매혹의 시간 속에 위안을 얻었으나 꽃이 지는 모습을 바라보는 것은 견디기 힘들다. 차라리 너의 아름다움을 처음부터 몰랐다고 부정하며 난망의 생을 견딜 뿐이다. 시인은 아름다움의 실감과 그 다음에 오는 허망한 소멸을 대비적으로 보여주면서 꽃의 역사를 통해 사랑과 이별의 인간사를 표현하고 있다. 미선나무가 비극적 운명을 지닌 아름다운 여인으로 환치된 것이다.


백련 피었다


내게 돌아올 살은 경계 너머 돌 속에 박혀 백년이다 돌 밖으로 나가 산맥을 넘고 싶었던 검은 새가 풍화에 들어 천년이다 그렇게 사

라지는 영혼을 백련의 흰 빛에 묻는다 백련이 수척해지는 저녁이다

환생을 말하지 않는다면 시작은 너무 늦었다

운명이라고 말하면 운명이 되는 건 아니다

홀로인 새는 처음부터 홀로였다

묘비명은 하얗게 빛나고 슬픔 없이 죽은 자의 이름을 부르는 하루의 묵념은 천상에 닿지 않는다 환생이라 했으니 어떤 모습으로든 돌아올 것을 믿는다 암각의 새들을 날게 한다면 풍화 이전의 모습을 놀라지 않아도 된다

암각의 새가 눈동자를 움직이는 날은

다른 별에서 시작된 서사거나 환생 이후의 서약이어서

운명이라고 말 할 수 없다

「암각의 새」전문

백련 역시 아름다운 꽃이다. 아름다운 꽃은 아름다운 여인을 떠오르게 하고 사랑을 떠오르게 한다. 백련처럼 아름다운 꽃이라면 사랑의 신화를 꿈꾸어 볼 만하다. 삶의 경계를 넘어 돌 속에 박힌 채로

백년을 버틸 사랑. 또는 돌에 새겨 있던 새가 날개를 펼치고 날아 산맥을 넘고 바다를 건너다가 다시 풍화에 들어 돌에 새겨진 채 천년을 보내는 사랑. 그렇게 무량한 사랑의 시간을 백련의 흰 빛에 묻으며 상상의 나래를 편다. 백련을 오래 지켜보니 백련도 지치는 듯 저녁 빛이 물들어 수척해진다. 백련을 사랑한 적이 얼마 되지 않았으니 이렇게 출발이 늦은 사랑이라면 오랜 전생에서 시작되어 환생을 거듭한 사랑이라고 상상해도 좋지 않을까? 사랑의 운명은 전생으로부터의 숙연에 의한 것이지 인간의 의지로 되는 것이 아니다. 운명의 사랑을 하자고 해서 운명의 사랑이 이루어지는 것이 아니다. 등뼈가 잘리는 고통을 겪는다 해도 사랑을 지키겠다고 약속하는 것은 사랑이 운명적이라고 믿을 때 가능한 이야기다. 현실적 조건을 초월한 상태에서 백년 천년을 잇는 사랑의 신화가 창조된다.

인간은 늘 혼자인데 혼자인 주체가 다른 주체를 만나 사랑을 나눈다는 것은 일종의 기적이다. 그래서 사랑의 열병에 후회가 없고 사랑의 운명에 추락이 없다. 사랑의 환생을 믿는 사람에게 죽음을 알리는 묘비명은 무의미하고 죽은 자의 이름을 부르는 호곡이나 묵념도 의미가 없다. 환생을 믿기에 운명의 사랑에 돌진하고 돌 속에 묻혀 천년의 세월을 버틸 수 있다. 사랑의 꿈은 풍화되는 법이 없고 암석의 단층에 갇히지 않는다. 암각의 새가 눈동자를 움직여 날개를 펼치는 날은 새로운 운명의 사랑이 시작되는 순간이다. 이곳과는 다른 곳에서 사랑이 시작되는 것이니 과거의 사연을 따질 필요가 없고 그들의 미래를 걱정할 필요도 없다. 새로운 사랑의 언약이 시작되었으니 모든 것을 운명에 맡길 뿐이다.

새로운 사랑의 꽃을 피우는 사람에게 고뇌가 없을 리 없다. 그러나 그것은 온전히 그 자신이 감당해야 할 몫이다. 꽃이 필 때 아픔을 견디고 스스로 피어났으니 질 때도 누구를 원망할 필요가 없다. 꽃이 질 때의 슬픔과 아픔도 온전히 자신의 몫이다. 꽃이 질 때 무슨 소리를 남겼느냐고 물을 필요도 없고 꽃 진 자리를 건너다보며 아픈 독백을 읊조릴 필요도 없다. 꽃이 지는 것을 운명으로 받아들여 눈 먼 사람처럼 침묵을 지키는 것이 온당한 일이다. 가장 예민한 관절이 통째 훼절되는 순간에도 사랑하는 상대의 눈빛을 보며 그 눈빛의 애잔함과 떨림을 놓치지 않으려는 것이 사랑의 속성이다. 인간 내면의 모순을 가장 극적으로 보여주는 것이 사랑이다.

김윤배의 이번 시집은 인간의 일상적 세속적 관습을 거슬러 올라 사랑의 뿌리를 흔드는 역류의 사랑, 환생의 시간을 오르내리며 어떠한 극한의 곡절에도 꺾이지 않는 절대의 사랑을 집중적으로 탐색했다. 김윤배 시인의 시작 경력에 없던 새로운 서정이고 우리 시의 경로에도 흔히 보이지 않던 이채로운 시도다. 세월의 흐름을 역류하여 새로운 서정을 창조한 시인의 저력에 박수를 보내며 이 항해가 또 다른 전환으로 이어지기를 기대한다.

＊ 헌사와 시인의 말에 사용된 글꼴은 ㈜세종대왕기념사업회에서 개발한 문화바탕체입니다.

## 마침내, 네가 비밀이 되었다

김윤배 시집

1판 1쇄 발행 | 2019. 9. 18

발행처 | **Human & Books**
발행인 | 하응백
출판등록 | 2002년 6월 5일 제2002-113호
서울특별시 종로구 삼일대로 457 1009호(경운동, 수운회관)
기획 홍보부 | 02-6327-3535, 편집부 | 02-6327-3537, 팩시밀리 | 02-6327-5353
이메일 | hbooks@empas.com

ISBN 978-89-6078-708-7  03810

※ 이 시집은 경기문화재단 창작지원금을 수혜하였습니다.